山东文化体验廊道故事丛书·上编

黄河
历史文化故事
（一）

HUANGHE LISHI
WENHUA GUSHI

总编纂　王志民
主　编　张　磊

山东文艺出版社

图书在版编目（CIP）数据

黄河历史文化故事. 一 / 张磊主编. — 济南：山东文艺出版社，2023.9

（山东文化体验廊道故事丛书）

ISBN 978-7-5329-6911-1

Ⅰ.①黄… Ⅱ.①张… Ⅲ.①历史故事—作品集—中国 Ⅳ.①I247.8

中国国家版本馆CIP数据核字（2023）第106003号

黄河历史文化故事（一）

HUANGHE LISHI WENHUA GUSHI

总编纂　王志民　　主编　张　磊

主管单位　山东出版传媒股份有限公司
出版发行　山东文艺出版社
社　　址　山东省济南市英雄山路189号
邮　　编　250002
网　　址　www.sdwypress.com

读者服务　0531-82098776（总编室）
　　　　　　0531-82098775（市场营销部）
电子邮箱　sdwy@sdpress.com.cn

印　　刷　山东临沂新华印刷物流集团有限责任公司
开　　本　880毫米×1230毫米　1/32
印　　张　7
字　　数　150千
版　　次　2023年9月第1版
印　　次　2023年9月第1次印刷
书　　号　ISBN 978-7-5329-6911-1
定　　价　59.00元

前 言

党的二十大报告明确提出："坚守中华文化立场，提炼展示中华文明的精神标识和文化精髓，加快构建中国话语和中国叙事体系，讲好中国故事、传播好中国声音，展现可信、可爱、可敬的中国形象。"习近平总书记在文化传承发展座谈会上深刻指出，要在新起点上继续推动文化繁荣、建设文化强国、建设中华民族现代文明。编纂出版《山东文化体验廊道故事丛书》（以下简称《丛书》）是深入学习贯彻党的二十大精神和习近平总书记重要指示精神，贯彻落实山东省委、省政府关于打造文化"两创"新标杆部署要求的重要举措，是立足山东文化资源优势，以沿黄河、沿大运河、沿齐长城、沿黄渤海和沿胶济铁路等文化体验廊道为轴线，以各市文化体验廊道建设为着力点，撷取历史文化精华的大型普及性学术工程，是在新的历史起点上讲好山东故事、坚定文化自信、推动文化繁荣、促进文旅结合的重点文化项目。

山东，古称"齐鲁之邦"，是中华文明最重要的发源地之一。奔流的黄河由山东入海，齐鲁大地是黄河文明的核心区域之一。巍峨屹立的泰山，自古以来就是历代帝王封禅之地，是中国东方上层文化的活动中心，1987年被联合国教科文组织列为中国第一个世界文化、自然双重遗产。黄渤海环绕的山东半岛是全国最大的半岛，漫长海岸线形成了丰厚的海洋文化资源，一直是中国北方海上丝绸之路的重要门户。山东又是伟大思想家、教育家孔子和孟子的故乡，是儒家文化的发源地，是中国人乃至全球华人、华裔心中的"圣地"。在被称为中华文明"轴心时代"的春秋战国时期，齐鲁是中华文明的"重心"所在：诸子百家，多出齐鲁；儒墨显学，独领风骚。齐国故都临淄，是当时最大的工商业都城，被国际足联命名为"足球起源地"；这里诞生了中国历史上最早的大学堂——稷下学宫，是诸子百家争鸣的学术文化中心；齐长城西起济水，东到大海，蜿蜒于泰沂山脉，全长一千余里，是现存最早的有准确遗迹可考、保存状况较好的古代长城；被列为世界文化遗产名录的京杭大运河，纵贯山东南北，极大影响了元明清以来山东地区的经济文化发展，鲁西沿岸城市带的崛起，成为中国南北文化交流融合的运河明珠，见证了山东地区社会文化的隆替嬗变。近代以来，随着烟台、青岛等沿海城市的崛起和胶济铁路的修筑，山东成为中西文化交流、冲突、碰撞、融合的核心地区之一，收回青岛主权成为"五四"爱国运动的导火索。革命战争年代，山东党政军民用生命和鲜血凝聚而成的"党群同心、军民情深、水乳交融、生死与共"的"沂蒙精神"，是齐鲁优秀文化、伟大建党精神与中国共产党领导的人民革命英雄主义精神的集中体现，是对山东境内沂蒙、胶东、渤海、鲁西（冀鲁豫边区）

等抗日革命根据地红色文化、革命精神的集中凝练和概括，与延安精神、井冈山精神、西柏坡精神等一起成为中国共产党人精神谱系的重要组成部分。齐鲁文化在中华文明发展中的特殊地位，山东地区源远流长、丰富厚重的文化资源，坚定文化自信和自觉的历史责任担当是我们举全省之力编纂《丛书》的内在动力。

《丛书》以国家文化公园建设为引领，以落实文化"两创"、推动"两个结合"为宗旨，以推动全省及各市文化建设为目标，是具有权威性、故事性、可读性、趣味性的历史故事集成，是一套可携带、可利用、可转化的文化读本。《丛书》分为上、下两编，上编16本，围绕"四廊一线"文化体验廊道、八大文化传承发展片区展开。"四廊一线"构筑的沿黄河、沿大运河、沿齐长城、沿黄渤海、沿胶济铁路的文化交通线纵横交错，相互联系又各具特色，其特点是以脍炙人口的故事形式联通"四廊一线"的人物事迹、重点景区、遗址遗迹等，厚植文化体验廊道的思想内涵和文化底蕴。八大文化传承发展片区，既涵盖了沂蒙、渤海、鲁西、胶东四大红色文化片区，又吸收了泰山文化、儒学文化、齐文化作为重要支撑，演奏出山东历史文化、革命文化、社会主义先进文化的时代交响。下编16本，紧紧围绕各地市优势和特色展开，主要记述本地区历史故事、文化遗址与人文景观、非物质文化遗产等内容，是推动文化廊道落地、推进片区文化建设、增强文化认同、深化文旅体验的重要载体。

《丛书》由山东省委常委、宣传部部长白玉刚统筹谋划和指导，省委宣传部专门组建学术编纂委员会负责具体实施，省直各有关部门和各市委宣传部给予大力支持配合，省内相关高校、研究机构和各市有关单位共100余位专家学者积极参与，历经酝酿策划、启动实施、提纲设计、样稿研讨、通稿审稿、编辑出版等六个阶段。2022年以来，省委、省政府先后印发《关于打造中华优秀传统文化"两创"新标杆行动计划（2022—2025年）》《关于建设文化体验廊道推动文旅融合高质量发展的实施计划（2023—2025年）》，全方位挖掘展现山东人文沃土可以深度耕作的比较优势，为《丛书》编纂做好了思想、学术和组织准备。具体编纂过程中，省委宣传部专门印发《关于做好〈丛书〉编纂工作的指导意见》，统一思想认识，作出全面部署。编委会以线上线下形式，多次召开全体会议和分组专题会议，狠抓三个重要工作节点：**一是审定编撰提纲。**通过反复研讨、交流、修改、会审等形式逐一审定编写提纲，最大程度保证全书质量。**二是树立样稿典型。**集中力量撰写、反复研讨修改，确定分类样稿，做好典型导引。**三是全力做好通稿统审。**采用主编初审、各卷主编交流互审、学术专家主审、首席专家终审等层层把关、集中审查、反复修改的方式提高稿件质量。

回顾《丛书》编纂工作，始终注意把握好以下四个方面：**一是坚定文化自信。**通过挖掘历史资料、开发历史资源、恢复历史场景等形式，获取文化营养，坚定文化自信。**二是助推文化自觉。**通过传承弘扬优秀传统文化、红色文化、社会主义先进文化，深入挖掘历史先贤和革命先烈的伟大事迹，推动文化自觉，与培育践行社会主义核心价值观有机结合。**三是落实文**

化"两创"。精选真实历史故事，注重挖掘故事背后的文化内涵，推动齐鲁优秀传统文化在新时代创造性转化和创新性发展，推进文化自信自强。**四是服务文旅融合。**借助故事、景观、遗址、非遗讲解词、短视频等融媒体形式，让广大读者在区域文化旅游、廊道文化体验中感受中华文化的博大精深，增强民族自豪感和自信心。

在内容撰写上注重四个结合：**一是与廊道体验相结合。**突出廊道建设概念，以故事为纬线，以时代发展为轴线，通过富有魅力的故事讲述，展示历史人物、景观、史实，引领读者体验传统文化的恢宏气势和博大精深。**二是与景观建设相结合。**以真实动人的故事为景观建设提供重要的历史资源和文化依据，通过一个个精品景观建设展示历史故事的丰富内涵和当代价值。**三是与文物保护相结合。**通过讲述历史故事，让广大读者进一步了解相关文物、遗址的历史文化价值，提升文物保护意识，推动群众性文物保护工作再上新台阶。**四是与媒体利用相结合。**立足于故事转化，使故事成为各类媒体传播的重要基础、蓝本和素材，成为廊道文化、片区文化讲解、传播的重要学术依据和资料来源。

《丛书》的编纂出版，是普及、传播优秀传统文化，推动文化"两创"的新尝试。衷心希望广大读者通过阅读本书，吸收丰富文化营养，多提宝贵修改意见。

编者

2023 年 8 月

导　语

　　九曲黄河，滔滔浪花，气势磅礴，蜿蜒万里。"君不见，黄河之水天上来，奔流到海不复回。"黄河自巴颜喀拉山逶迤而来，从东明县流入齐鲁大地，流经菏泽、济宁、泰安、聊城、德州、济南、淄博、滨州、东营等九市，从垦利县注入渤海。黄河下游的齐鲁大地上土壤肥沃，山川锦绣，从远古时代开始，就有勤劳勇敢的先民们在这片广阔富饶的土地上披荆斩棘，繁衍生息，创造了辉煌灿烂的大汶口文化、龙山文化等上古文明，使之成为中华文明的重要发祥地之一，奠定了中华传统文化的坚实基础。

　　雄浑壮阔的黄河是中华民族的母亲河，孕育了源远流长、博大精深的黄河文化。黄河滋润了齐鲁大地，哺育了齐鲁文化，在中华文明发展史上有着杰出的贡献、深远的影响和重要的意义。为了推动中华优秀传统文化的创造性转化和创新性发展，深入挖掘黄河文化的丰富资源和时代价值，我们编写了此书。但是从先秦时期到清代，黄河历史文化内容丰富多彩，我们无法详尽地展现黄河文化的全貌，只能在历史长河中撷取一朵朵绚丽的浪花，编写出一个个生动有趣的故事，借以呈现黄河文化的亮丽特色，进而展现中华文明的辉煌灿烂。本书通过一个个形象生动的故事，讲解了黄河流域的历史演进、河患治理、政治军事、名人经典、趣闻轶事、文学艺术，等等，从多个角度展示了黄河文化厚重的历史底蕴和丰富的精神内涵。主要体现在以下几个方面：

第一，勇于开拓、走在前列的创新精神。黄河下游流域是中华先民的主要活动区域之一，是中华大地上文明的曙光初现的地方。早在四五十万年前，就有沂源猿人在黄河下游繁衍生息。先民们在这里耕种渔猎，造舟制陶，聚居筑城，推动了黄河下游早期文明的发生发展。大汶口文化中的早期文字符号、龙山文化遗址出土的蛋壳黑陶，都是黄河下游早期文化先进发达的重要见证。人文初祖伏羲生于雷泽之畔；上古圣贤君主唐尧、虞舜活动于河、济一带；大禹治水，划分九州，奠定了传统地理版图的基础。

第二，自强不息、砥砺前行的奋斗精神。黄河经黄土高原后，携沙带泥地奔涌到了平坦的华北平原，因泥沙沉淀而形成地上河。这也导致黄河下游频繁决口，水患严重，给中华民族，尤其是黄河下游地区带来了沉重的灾难。从汉代的王景到清代的张曜、周馥等，他们与广大民众一起为治理黄河水患前赴后继、艰苦斗争，留下了无数感人事迹。他们为治理黄河做出了重要的贡献，也造福了黎民百姓，展现了中华民族自强不息的奋斗精神。

第三，秉持礼孝、推崇仁义的道德风尚。周公制礼作乐是周初政治与文化大变革的重要方面，体现了对夏商礼乐文化的继承和发展，也适应了农耕文明下建立稳定的社会秩序的需求。从西周初年齐鲁两国的分封开始，齐鲁大地就承载起了礼乐文化，千年不衰。诞生于齐鲁大地的孔子强调仁者爱人，主张为人处世应坚守礼义廉耻的道德底线，影响了中华民族的基本性格，同时也对中华文化产生了深远持久的影响。

第四，德政礼治、勤政爱民的家国情怀。由于其重要独特的区域位置和得天独厚的文化环境，黄河下游地区是众多杰出的政治家、军事家、思想家、文学家关注和活动的重要舞台。盘庚、周公、刘邦、曹操、王猛、曾巩、张养浩等人名垂青史，受后世颂扬。孙膑、石勒、刘裕、李存勖等人在这里运筹帷幄，书写了风云激荡的史诗篇章。

黄河历史文化故事具有重要的历史意义，彰显了鲜明的文化特色，讲述了五千多年来黄河沿岸人们的奋斗历程和光辉历史，承载着中华民族的文化传统和伟大梦想，蕴含着丰富的文化资源和精神给养。历史的车轮滚滚向前，这些故事却令人难忘、历久弥新，呈现出旺盛的生命力，成为延续历史文脉、坚定文化自信的重要精神支柱。今天，我们走在实现中华民族伟大复兴的道路上，讲好黄河历史故事，具有重要的时代价值和社会影响。主要体现在以下四个方面：

一是承续民族传统，凝聚黄河精神。历史上黄河沿岸地区出现了许多治理黄河的杰出人物，他们与当地民众合力展开了艰苦卓绝的治河斗争，表现出了中华民族自强不息、勇于拼搏、踔厉奋发、无私奉献的优秀精神品格，为凝聚黄河精神提供了重要支撑和历史依据。

二是以古鉴今，促进黄河流域的高质量发展。山东地区历代的黄河治理，留下了许多弥足珍贵的治河文献和工程遗址，展现了先民们在黄河两岸砥砺奋斗的英勇事迹和艰辛岁月。这有助于我们借鉴历史经验，更好地处理生态保护和经济发展的关系，助力黄河流域生态保护等国家战略的实施。

三是传承民族文脉，助力新时代文化建设。讲好黄河历史文化故事，深入挖掘黄河历史文化资源，积极探索黄河文化"两创"新路径，推动黄河文化活起来、动起来，本质上是传承中华民族文脉、弘扬中华优秀传统文化，为新时代文化建设积极贡献力量。

四是促进文旅融合，提高黄河文化的影响力、传播力。将黄河丰富的旅游资源与黄河文化紧密融合，能进一步增强黄河文化的普及性、大众化，让黄河文化更好地走向大众，有效提升黄河文化的社会影响力和国际传播力。

本书深入挖掘富有人文精神、时代价值的黄河历史文化故事，以激发人们对黄河文化和黄河故事的喜爱之情，为延续历史文脉、增强文化自信提供动力和支撑，为中华民族的伟大复兴提供磅礴的精神力量。

目　录

一

黄河奔流　迈进文明

黄河下游流域是早期先民的主要活动区域之一，也是中华文明早期形态的显露之地。人类经过几十万年的进化，筚路蓝缕，披荆斩棘，迈进了石器时代，耕种渔猎，造舟制陶，聚居筑城，迎来了文明的曙光。大汶口文化中的早期文字符号、龙山文化遗址出土的蛋壳黑陶等，都是黄河下游早期文化发展的重要见证。传世文献当中的记载也与考古发现相互印证。例如，舜作为"东夷之人"，活动于河、济之间，明德天下，推行"五教"；大禹治水，辟九山，通九泽，疏九河，定九州，确立了统一的地理版图，奠定了中华文明的早期形态的基础。

（一）文明曙光

1. 河泥制陶现文明

"九曲黄河万里沙，浪淘风簸自天涯。"远古时代的黄河裹挟着泥沙滚滚而下。黄河流经下游，平缓的地势留住了泥沙。人们因地制宜，用河泥制作陶器，当作生产生活的器具，极大地促进了手工技术的发展。

有一个黑陶杯，高22.6厘米，口径为9厘米，出土于山东龙山文化遗址。尽管由泥质黑陶制成，但它仅重约40克，最薄处仅为0.2至0.3毫米。这个蛋壳黑陶杯的材质属于精加淘洗的细泥质黑陶，陶质极纯，不含任何杂质，这也确保了塑形与成形之后的陶杯质地细密而坚硬。它如此特别，因此见过它的人都知道，这是怎样一个薄如纸、硬如瓷、声如磬、亮如漆、历经四五千年依然保存完整的珍品。尽管这个黑陶杯有着"蛋壳"这一看似平凡的称呼，但它却代表了人类历史上陶器制作的巅峰。我们现在不免好奇，用黏土烧成的陶器，颗粒直径是怎么保持在0.2至0.5毫米的？这一切都无从解释。

这个黑陶杯被发现时造成了不小的轰动。一切都要从20世纪20年代开始说起，那是考古学刚刚被介绍到中国大地的时候。

那时还是清华大学人类学专业二年级学生的二十八岁的吴金鼎，计划于1928年4月4日进行考古调查，考察地点定为平陵古城。这个古城位于今山东济南章丘龙山区的东北部，是春秋时期的一个重要城邑。后来，由于汉朝时期长安地区还有一个平陵，为了区分，就将这个平陵改名为"东平陵"。吴金鼎和工作团队来到考察地点平陵后，登高向东面远眺。就在这时，他突然看到一个小城状台城。他好奇地问同行带路之人，得到了"这是城子崖"的回答，而城子崖被当地人俗称为"鸭鹅城"。听到这里，吴金鼎莫名激动起来，因为凭借自己对沿途土层的观察和自身经验，他猜测这个叫"城子崖"的地方很有可能是一处史前文化遗址。他立马快步朝那里奔去，到了那里，他更加谨慎小心地观察着周围的一切。他发现，城子崖西面的断崖上有很明显的火烧痕迹，另外，周围还残存着年代久远的石器、贝壳、动物骨头和陶器碎片。看到这里，吴金鼎更加激动起来，他又随手挖了几下，两枚制作粗糙的骨锥就出现在了他面前。这时，他脑海中的猜想变得清晰起来，这些物品也确实是远古遗物。经过努力，他们一行人又发现了不少类似的物品，却迟迟不见瓷器的碎片和金属物。于是，吴金鼎初步判断道："这应该就是一处远古文化遗址。"这次考古发现是非常重要的开端。

　　同年 7 月 31 日，吴金鼎再次来到了城子崖。这次，他又有了新的发现，成功地从地下三四米深的地方挖掘出了一把完整的石质斧头。后来，他又频繁到访城子崖地区进行挖掘工作，有一次，他甚至发现了一种众人都没见过的漆黑、透亮的陶片。之后，吴金鼎就将自己的所有成果和进展都向老师李济作了汇报。李济在吴金鼎的陪同下，对城子崖进行了实地考察。李济在目睹了城子崖的出土器物后，立即决定要在这里开展下一步的考古挖掘工作。之后，"山东古迹研究会"成立，并于 1930 年 11 月对城子崖进行了挖掘。这可是个不得了的进展。

　　至此，沉睡了四千多年的城子崖被人们唤醒，将自己真实的面貌重新展示于世人面前。这次大规模的考古发掘，前前后后发现了大量的石器和陶器，其中黑陶占了陶器总量的大半。出土于城子崖的黑陶个个质地细致，是难得的珍贵文物，受到了国内外考古界的广泛关注。这些文物也见证了龙山文化的光辉历史。

2. 筑城生活黄河畔

黄河是中华民族的母亲河,孕育了古老而伟大的中华文明。古代人们习惯临水而居,因此大量先民在黄河流域繁衍生息,得到了黄河的滋养。城子崖及其周围的古代遗址,形成了一个从新石器时代到两汉的基本完整的古代龙山文化区。

考古学家对龙山城子崖的一段古城墙遗址进行了细致的考察与分析,认为城墙宽13至15米,南北长450米,东西宽390米,高约10米,而且整个部分为长方形,总面积达17.55万平方米。另外,他们还发现了古人在建造时的精心设计思路。他们在建造时用的是堆筑的方法,且有着严格的程序步骤。首先是清挖地基,然后是聚土,最后再用木块、石块夯筑而成。整个工程进展得有条不紊、井然有序。这段保存下来的古城墙遗址,是目前我们发现的现存最早的城墙之一,因此有着重要的地位。

就在这儿,考古学家们还提出了商代文化层消失的疑问。在这段城墙上,共能发现三个明显的层次。首先,石墙最下面呈现出深灰色的面貌,这是对龙山文化距今约四千六百年的证明。顺次向上能够发现,石墙从深灰色变成了黄褐色,这一颜色的变化代表了历史的递进,向我们展示了岳石文化时期的古城墙面貌。另外,在这一层还有更多的发现,那就是古城墙在这一时期似乎变得更窄了。究其原因,考古学家们认为是筑墙的方式发生了变化,从简单的堆筑变成了版筑。这种变化的出现可能是因为当时的人们对城墙的作用有了不同于往日的要求，城墙的防御功能相较之前也有了明显的加强。再往上，第三层就是春秋时期的城墙遗址了。我们可以从这段城墙遗址中明显地发现，这里有夏代前、夏代及东周时期的遗迹，唯独缺失了商代的部分。那么，为何夏代与周代之间的朝代没有任何存在的印记呢？

难道，城子崖在商代如海市蜃楼般消失了吗？为什么在这段古城墙中看不到呢？这些疑问始终困扰着一代又一代的考古学家，他们百思不得其解，只能留待以后研究。

城子崖龙山文化城址具有早期城市的雏形，考古学家们发现城址内文化层堆积丰富。当他们最初看到这处文化遗址的时候，脑海中都浮现出了一幅画面。

傍晚，夕阳斜下，暮霭沉沉，百鸟归巢。一对年逾古稀的夫妇在夕阳的余晖下忙着做饭，等着在田野里劳作的家人回家吃饭。他们正在蒸焖食物。女人蹲在锅前，锅里架着一个陶箅子，上面放着打猎获得的野味，锅中翻涌出阵阵热气，饭香扑鼻。另一旁，男人满头大汗地站在井旁，他身旁放着几个盆，看起来各不相同。原来，这个男人正在从水井中打水，因为一旁的瓮中已经没有存水了。这时，女人做好了饭，走进了身后的屋子。屋里堆放着好些高矮不一的陶罐，墙上还零星挂着用石头打造的捕猎工具。他们吃过饭后，把圆形的炊具整齐地摆在了屋子的角落，把家里收拾得很干净。

黄河逶迤东去。这处遗址，是龙山文化的重要见证。岁月更迭，一处处遗址如同远古先民为我们埋下的一个个大型考古

"盲盒",它们在考古工作者们手中重新绽放出了属于那个时代的耀眼光芒,将遥远、模糊的古老传说变成了可触碰、可见证的真实历史。

(二)先民遗踪

1. 伏羲生于雷泽之畔

在上古时代,有一位传说人物伏羲,他作为传说中中华民族的人文始祖,受到后人的永久纪念。在整个黄河流域,不少地方都有关于伏羲的古老传说,也因此留下了众多名胜古迹。据说伏羲的诞生就和黄河下游的雷泽有关。

雷泽位于黄河下游,处在山东西南部的大平原上。远古时期的黄河下游地势平坦,河水四散奔流,逐渐在鲁豫之间的低洼处形成了雷泽。雷泽碧波千里,水面开阔;周围沼泽丛生,湖泽相连。春天万物复苏,绿芽点点;夏天烟波浩渺,鱼翔鸟集;秋天寒风萧瑟,芦苇飘花;冬天雪花飞舞,百里冰封。雷泽物产丰富,所以岸边逐渐会聚起了居住的人们,他们成为雷泽最早的居民。他们以渔猎为生,日出而作,日落而息,使雷泽出现了生产生活兴旺的场景。但雷泽也充满了神秘感,《山海经·海内东经》中说:"雷泽中有雷神,龙身而人头,鼓其腹。"但这只是民间传说,谁也没见过雷神。

距雷泽不远的地方有个华胥国。华胥是个古老的氏族，华胥国里有个叫"华胥氏"的姑娘。有一年春天，雷泽附近有集会，天气晴好，微风拂面，好多人都来游玩。华胥氏也打算出门游玩，家人担心会有危险，都劝说华胥氏不要去。华胥氏说："我平时大门不出，二门不迈。偶尔出去也无妨。"家人只好让仆人陪同前往，嘱咐其一路小心。华胥氏十分开心，便去雷泽踏青游玩。

华胥氏看着熙熙攘攘的人群，觉得非常热闹。后来，华胥氏走进了花丛中，鲜花盛开，芬芳四溢。她摘下一大朵花闻了闻，说："太香了，好似花中仙子。"华胥氏又荡舟雷泽中，那些鱼儿纷纷跃出水面，似乎都在和她打招呼。

华胥氏看到远处有一个小岛，岛上云蒸霞蔚，她想去看看。上岛后，她发现岛上一个人也没有，有些紧张。突然，她看到地上有一个巨大的脚印，就好奇地踩了一下，然后就有了身孕。十二年后，华胥氏

伏羲像（选自《三才图会》）

生下了一个儿子，蛇身人头，取名为"伏羲"。

传说伏羲不仅创立了八卦，还教会了人们捕鱼打猎、驯养野兽，改变了婚姻习俗，发明了文字。生活在黄河下游地区的伏羲不仅是黄河文化史上的重要人物，也为文明时代的来临做出了卓越的贡献。

2. 尧行德政美名扬

尧，名放勋，因他曾先后被封于陶和唐，又叫"陶唐氏"，为五帝之一。尧推行德政，亲睦九族，更以禅让的美德名扬天下，颇受人民敬仰和拥戴。相传尧二十岁时继承了王位，在位七十年时决定让位给德才兼备的舜。尧去世后，葬于谷林。

相传尧原是陶唐氏部落的酋长，后来做了黄河中下游流域的部落联盟的首领。晚年尧把帝位禅让给了舜，一直被传为历史佳话。尧严于律己，关心人民，所以后世的传说多歌颂他的仁德和功绩。

尧选贤任能的能力十分高超。《史记》中对尧的记载，大部分是讲他在用人方面的判断和选择。在治水问题上，大臣们推荐鲧，但是尧认为鲧不可用。大臣们建议让鲧试一试，尧同意了，但最终证明尧对鲧的判断是准确的，鲧治水失败，最终完成治水大业的是鲧的儿子禹。

在选择接班人这一重大事件上，尧否定了共工，因为他认为共工好讲漂亮话，实际上心术不正。他又否定了自己的儿子丹朱，认为如果是丹朱继位，则天下受苦而丹朱得利。更好的选择是舜，如果是舜继位，则天下百姓都能安居乐业，而只有丹朱一人受苦。尧宁愿放弃家族继承，也不愿意天下百姓受苦。尧这种以天下苍生为重的思想，助其开创了古人推崇的"禅让制"。但尧选择舜，也是经过慎重考虑的。因为舜贤孝的名声在外，是当时有名的人物。尧为进一步考察舜的品行，让自己的两个女儿嫁给了舜，这两位就是著名的娥皇、女英。尧对舜的考察长达二十年。二十年间，舜的表现得到了天下人的信服。

尧对老百姓怀有深厚的仁爱之心。如果哪一个人挨了饿，尧就说："这是因为我没有治理好，才使他挨了饿！"如果哪一个人受了冻，尧就说："这是因为我没有治理好，才使他受了冻！"如果谁犯了罪受了惩罚，尧就说："这是因为我没有教育好，才使他出现了过失！"尧在位的七十年间，经历了重大的自然灾害。先是遇到了大旱，天上同时出现了十个太阳，大地上的草木和庄稼都干枯了，尧就命羿射下了九个太阳，解除了旱灾。后又遇到了特大洪水，九州大地一片汪洋，尧就命禹去治水，用了十三年的时间，终于把洪水治服了。

帝尧像（选自《三才图会》）

所以那时的人民虽然也过了些苦日子，可是对尧始终是衷心爱戴的，一点儿怨言也没有。后来孔子对尧也大加赞扬，他说："大哉，尧之为君也！巍巍乎！唯天为大，唯尧则之！"

"尧王虚葬八百墓，唯有真身在谷林。"尧王墓是帝尧的陵寝，因其葬于黄河下游的谷林，尧王墓又被称为"谷林尧陵"。谷林尧陵虽经数千年的风雨，但墓冢犹在，碑谒尚存，似乎在向人们诉说着尧当年的功绩。

3. 大舜黄河岸边教百姓

黄河浪涛汹涌，滚滚东流。有一人在海岱之地的黄河岸边，察看着因黄河泥沙淤积形成的土壤。"这种土太适合制作陶器了。"他顺手抓起一把土看了看，又闻了闻，高兴地向制作陶器的土窑走去。这是四千多年前发生在黄河岸边的一幕，这个人就是舜。

在我国先民将要迈进文明社会的时候，生活在黄河下游地区的东夷部落诞生了一位杰出的人物，那就是大舜。大舜出生在一个贫苦的家庭，从小失去了母亲，父亲、继母和弟弟对他都不好。但舜不在意这些，依然孝敬父母，疼爱他的弟弟。舜在二十岁的时候，以孝道闻名天下，获得了老百姓的称赞，由此得到了部落联盟的首领尧的赏识。尧还把两个女儿娥皇和女英嫁给了他。舜继承了尧的天子之位，明德天下，推行父义、母慈、兄友、弟恭和子孝等五种教化，使老百姓过上了安定的生活。由于人们都愿意围着他居住，他所在的地方发展得很快，不久就由一个小的村落发展成了一个大的都邑。

舜不辞劳苦，亲自劳作。生活在黄河岸边的人们纷纷跟着舜学习制作陶器，生活器具更加齐备了，生活也就更加方便了。人们对舜赞赏有加。

"捕了这么多鱼啊！"大家围着舜欢呼起来。舜在雷泽打鱼，成了一个渔夫。雷泽是黄河下游的水在平原的低洼处奔流汇聚而成的。面对波光粼粼的水面和时常有野兽出没的沼泽地，舜思考的是如何让物产丰富的雷泽造福百姓。"你们跟着我打鱼和狩猎吧，这样你们能衣食无忧。"大舜说。老百姓们跟着舜每天外出打鱼、狩猎，收获满满。就这样一传十，十传百，不仅雷泽周边，整个黄河下游地区的人们都跟着学习打鱼、狩猎的经验和方法。

舜生活的时代，黄河发生了大洪水，波浪滔天，老百姓居无定所。舜伫立在河岸边，凝望着黄河，苦思治河良策。这时，他想起了禹，认为

帝舜像（选自《三才图会》）

这位出身于治水世家的人或许可以治理好。他将禹找来，对禹说："你率领民众去治理洪水吧，好好努力！老百姓在等着你治水成功呢。"在舜的大力支持下，禹治水终于获得了空前的成功。

舜是一位杰出的人物，以美德教化百姓，将本领教给百姓，推动了社会的发展，为中华民族进入文明时代做出了重要的贡献，受到了后人的永远怀念。

4. 大禹疏导治水

黄河在地势平坦的下游平原流速变缓，携带的大量泥沙容易淤积。随着岁月的流逝，河床逐渐变高，容易造成河道淤塞，河水四散奔流，最后造成洪水的发生。因此，地势平坦的黄河下游地区容易为洪水所困。五帝时代，鲧治水失败了，黄河中下游流域的部落联盟首领舜任命禹为司空，负责治水事务。

大禹在接到治水的任务后，率领着部下皋陶、伯益、契、弃等人和治水队伍，急匆匆地就出发了。那时他才结婚四天。他的新婚妻子在大路上送了很远很远，流下了不舍的泪水。大禹帮她拂去泪水，说："我为黎民百姓治好洪水后，会早点儿回来。"

大禹不畏辛劳，乘独木舟，推独轮车，爬山过河，走遍了黄河下游的山山水水。古兖州是黄河下游最为低洼的地区之一，大致包括今鲁西南、鲁西及其附近地区。这一地区原本有很多河流、沼泽，如菏泽、巨野泽、雷泽和济水等。黄河发生洪水，则会造成古兖州平原出现严重的水患。大禹在高处看着洪水泛滥、百姓背井离乡的悲惨景象，心情非常沉重，他对灾民说："请你们相信我，我一定带领你们战胜洪水灾害。"老百姓听了深受鼓舞，围绕在大禹身旁，表示要跟着大禹一起治水。大禹尽其所能地帮助这些受灾的百姓，深受群众爱戴。老百姓也非常感动，纷纷以箪食壶浆慰劳他。

大禹像（选自《三才图会》）

夜幕降临，满天星斗之下，大禹和助手们在临时搭建的木屋里详细地讨论着治水办法。大禹来回踱步，考虑良久，最后语气坚定地说："我们要改变原来的治水方法，要用疏导的方式治水。"满座皆惊，因为这改变了禹的父亲鲧以堵治水的传统方式。但这符合黄河下游洪水的形势，因为下游地势平坦，泥沙淤积，河道不畅。

在大禹的领导下，治水就这样轰轰烈烈地开始了。大禹带领群众，不断克服各种困难，疏通黄河下游的河道及附近的各个河流。大禹三过家门而不入，其中有一次，他路过家门时恰逢孩子出生，他听到了孩子的哭声，几欲推门进去，想看看妻子和孩子，但他还是忍住了，披星戴月地又出发了。大禹终日奔波，风餐露宿，面黄肌瘦。经过十三年的努力，大禹治水终于取得了成功。他疏导了九河，减轻了黄河下游的水患，让老百姓过上了安定的生活，建立了丰功伟业；同时积累了丰富的治水经验，在历史上产生了深远的影响，成为后世治理黄河水患的榜样。

二

河患频发 治河方略

充沛的黄河水，肥沃的黄土地，既为先民的生产生活提供了便利，同时也带来了水患的困扰。黄河下游地区是广阔的华北平原，奔腾的河水突然遇到平坦的地势，流速骤降，携带的大量泥沙也随之沉积，逐渐形成了高出地面的"悬河"。黄河下游流域"善淤、善决、善徙"，河道反复更改，这对沿黄地区民众的生存发展构成了重大隐患。历朝历代多少帝王将相、仁人志士为治河穷极所思，规划蓝图，设计方略。

（一）黄河水患

1. 棣州河决先堵后迁

棣州即今山东阳信南、惠民一带，位于滨州。王莽建国三年（11），黄河开始自滨州入海，后延续近千年。由此，滨州土地肥沃，人口稠密，百姓生活富裕，但河患也频繁发生。唐末，黄河在今滨州市区北部入海并逐步北移，一直到无棣。

棣州城最大的一次危机发生在宋真宗大中祥符四年（1011）

农历九月。在数月的阴雨连绵后，得雨助势的黄河更加汹涌，仿佛随时要冲破堤岸。最终，灾讯传来——黄河在聂家口决堤了！奔腾的黄河水似万匹烈马直冲棣州城而来，沿途的良田和房屋尽数被洪水吞没，百姓流离失所。张知州闻知黄河决口，立即向朝廷请旨迁移百姓，但真宗下诏："决口之处距离城池还有数十里，百姓长居此地，安土重迁，还是要堵塞决口，不可轻言迁城。"

旨意在暴雨中传到了棣州府。张知州晓明上谕，在大堂内来回踱步，身上的雨水已经浸湿了他的衣服，张知州感觉到一丝寒意。他叹息道："如此一来，棣州百姓危矣！上意如此，我等只能与棣州城和百姓共存亡！"

瓢泼大雨继续倾倒在棣州城内。张知州将全城男性壮年集合起来，他们冒着大雨，夜以继日地修筑工事。在极大的人力、物力的付出下，决口终于被堵住了。

然而，次年灾情再一次传来，黄河又在棣州城东南的李民湾决口了，棣州城附近的房屋多遭淹毁！形势紧迫，张知州再次请旨将百姓迁到商河县。寇准也上书请求迁城。但是朝堂之上，孙冲等人向真宗进言道："当下应当加固城池、堵住决口，保住百姓的房屋、田地。"真宗听取了孙冲的意见，并派他出任棣州知州。孙冲在任上过于严苛，百姓不堪其扰。在孙冲的高压下，黄河的四次决口都被堵住了。但这背后是棣州百姓人力、物力、财力的艰难付出。百姓忙于修筑河堤，苦不堪言。到了冬天，黄河的水位因凌汛再次升高，而此时的黄河堤岸已高出民居一丈有余。真宗念及百姓苦于劳役，水患不止，下旨将全体百姓迁到阳信的八方寺。一时间，棣州城的男女老少纷纷收拾好行李，鱼贯而出，长长的队伍在风雨中瑟瑟摇摆。就在迁城后，棣州城被洪水淹没，水深一丈有余，所幸没有造成百姓的伤亡。

北宋时期，棣州治河耗费了大量的人力、物力，对决口进行了堵塞。幸好最终百姓得以迁移，没有造成更大的伤亡。这次迁移为后世提供了宝贵的经验。

2. 北宋筑埽防河患

宋代治理黄河时已普遍使用埽。埽是一种巨大的草石混合体，用来沉入河中，保护堤岸，堵塞决口。据《宋史·河渠志》记载，埽的用料为梢、芟、薪、柴楗、橛、竹、石等。以梢芟分层匀铺，压之以土及碎石，推卷成埽，以竹索、草绳、木桩等捆缚而成，"其高至数丈，其长倍之"。

北宋中期，黄河自孟津以下，两岸建有大规模的埽工五十处左右。埽的制作较为容易，便于应急。首先，要选取宽大的平地。其次，将芟索、梢芟重叠铺在一起，压上土石，再用巨大的竹索横穿过去。如果是八丈的埽，需要人力五百名，十丈的大埽则需要人力六百名。将各种材料卷好后，就成了埽。最后，则是下埽，将预留的竹索系在堤岸上，用长木桩贯穿埽体，直插河底，这一步骤需要千人合力，众人齐声高喊嘹亮的口号，场面甚是宏大。同时这也是最危险、最容易失败的一步。

宋仁宗庆历八年（1048），黄河商胡段决口，给事中郭申锡亲临现场监督决口修复工程。河堤修复，必须从决口两端向中间逐段填塞。当时用于合龙门的埽，长约九十五米。一位名为高超的治水工程师对郭申锡说："埽身长度过长，人力无法有效压制，不能沉到河底。应当将原来的六十步分为三节，每节二十步，用绳索相连。逐步下埽，将河水的力量慢慢削弱……"没等高超说完，老河工们就议论道："这样肯定不行！""是啊，不能这么下埽！"在一片争论声中，郭申锡说："兹事体大，当以古法为妥。"于是，众人按照古法下埽。捆好的埽有近百米长，一千余人共同下埽，口号震天，但还是失败了。当时的河北安抚使、同中书门下平章事贾昌朝认可高超的建议，派人在下游搜集之前被冲走的埽。之后贾昌朝按照高超的办法下埽，果然一举成功。

北宋时期，不仅制埽技艺提高了，也产生了与埽相关的机构——埽所。埽是土木结构，支撑时间有限，经过三五年就会朽烂成土，所以需要经常更换。北宋朝廷便设置了埽所，内驻有埽兵，能够及时处理河患，也负责大堤的日常维护。埽和埽所在黄河防治中发挥了巨大的作用，明清时期亦得以延续。

3. 六塔河事件

北宋时期，黄河发生了四次大改道。仁宗、神宗、哲宗三朝，黄河改道，北流入海，并且"横溃"不断。巧合的是，北宋建都于开封，而开封正处于黄河下游。这里的河北路、京东路都是北宋的繁华腹地，这也使得北宋朝廷相当重视黄河的治理。上述三朝曾进行过多次河议。而六塔河事件就是仁宗朝的一次河议导致的结果。

宋仁宗景祐元年（1034），黄河于澶州横陇埽决口。这次决口使得黄河的京东故道被废弃，黄河改由横陇故道入海。在改道初期，黄河水流较为顺畅。但庆历八年（1048），黄河由于泥沙淤塞在澶州商胡埽决口。这也使得黄河在河北数地肆意泛滥，给河北带来了巨大的损失。北宋政府没有急于堵塞决口，而是积极商讨治河方案。

此时在东京汴梁，朝臣们依次步入朝堂。尽管没有阴雨侵扰，但紧张而又焦虑的气氛在朝中弥漫开来。宋仁宗得知黄河决口，寝不安席，夜不能寐，面容憔悴了许多。这时，大名留守贾昌朝的声音打破了朝堂的寂静："朝廷将朔方作为防备契丹的重要地区，这里也是朝廷的税收重地。商胡决口，对国家影响巨大，并且国家依据这条大河拱卫京都，防御敌人。依臣之见，应当将黄河勒回故道，重现黄河天堑，并且祖宗之法也是如此。"贾昌朝的说法有一定的道理，并且他搬出了祖宗成法。这让宋仁宗一时拿不定主意。

皇祐四年（1052）正月，河渠司李仲昌主张开六塔河，引河归横陇故道。由于没有很好的解决办法，宋仁宗最终认可了李仲昌提出的开六塔河引黄河水归横陇故道的方法。欧阳修上疏劝说道："开六塔河是奇策，非常冒险，一旦失败会导致严重的后果。"但是宰相文彦博、富弼都支持李仲昌。朝廷开六塔河的决定已无法改变。

嘉祐元年（1056），中书下诏等到秋冬水小时闭塞决口，但李仲昌等人急于邀功，在盛夏时闭塞了决口，引黄河水入六塔河，导致黄河当夜决口。一时间，黄河水波涛汹涌，在河道中挣扎咆哮，很快就将六塔河的河道夷为了平地。无数河兵、百姓葬身于黄河水中。而在阴雨连绵的天气下，黄河水肆意吞噬良田、房屋，向下游的山东、河北呼啸而去。

六塔河事件造成了严重的后果。河北、山东地区的百姓流离失所，民不聊生。神宗、哲宗两朝又实行了两次黄河回流，终以失败告终。

4. 咸丰年间改道大清河

黄河素以"善淤、善决、善徙"著称，民间也有"三年两决口，百年一改道"的说法。距今最近的一次黄河大改道发生在清咸丰年间，这次改道起于黄河在河南铜瓦厢决口。此次决口波及范围非常广，受灾情况十分严重。

清咸丰五年（1855）春，冰雪融化，黄河水位不断上涨，河南、山东等地陷入了危险之中。然而，当时还未到雨季，更大的挑战还在后面。很快，雨季来临，连日的大暴雨使得黄河各支流的水位一天比一天高，黄河大堤面临着严峻的考验。河务机构监测到水势上涨迅猛，河道官员也察觉到这次情况的危急性远甚于以往。河东河道总督蒋启扬一边组织抢险，一边向清廷发出了急报。他在急报中写道："臣在河北道任数年，该工岁岁抢险，从未见水势如此异涨，亦未见下卸如此之速。目睹万分危险情形，心胆俱裂。"可是，这份急报并未引起朝廷的重视，朝廷依然将关注的重点放在了镇压太平军起义上，财政支出向军事方面严重倾斜。蒋启扬见朝廷久久未做出回复，内心无比焦急。"巧妇难为无米之炊"，没有朝廷的财政支持，抢险工作是很难取得成效的。虽然蒋启扬已经带领治黄人员在雨里奋战了好几个日夜，但依旧未能减缓迅猛的水势。

随着黄河水位的上升，河南的铜瓦厢大堤于六月十八日决口。咸丰皇帝发布圣谕，实行掩人耳目的"缓堵"政策。实际上，"缓堵"政策形同虚设。黄河水先流向西北，后折转东北，夺山东大清河由利津县入渤海。尽管大清河可以减缓灾害，但是大清河的宽度和深度都不及黄河的三分之一，无法容纳奔腾的黄河水，黄河水仍然四处横流。当时山东境内黄河沿岸的齐东、惠民、蒲台和滨州等州县被淹，山东的受灾面积达总面积的一半左右。无数百姓葬身洪水，幸存者忍饥挨饿，承受着失去亲人的巨大痛苦，有些人甚至只能栖息在树上。

虽然清廷没能阻挡这次灾难的发生，但在灾后救济方面也做出了一些努力，采取了开捐筹赈、截留漕项、蠲缓额赋、平抑粮价等措施。但是这些措施在具体实施的过程中大打折扣，一些贪官污吏借此机会又发了一笔横财，而百姓仍然处在水深火热之中。

（二）治河方略

1. 葵丘盟约"无曲防"

春秋时期，人类对抗水患灾害的能力还比较有限。而且，当时的周天子失去了天下共主的地位，诸侯国之间对峙争霸，局势混乱，无法采取强有力的措施来统筹治理黄河水患。因此，水患经常给沿黄的各个诸侯国造成困扰，给沿黄民众的生产生活带来灾难。

当时为了利用黄河水利、规避黄河水患，各诸侯国都修筑了各种堤防工事。汉代人贾让曾经举例，齐国与赵、魏两国以黄河为分界线，但齐国沿黄河筑堤，使得黄河泛滥之时无法东流，便只能注入赵国和魏国境内。同样，赵国和魏国也沿黄河修筑堤防，在黄河泛滥时引导河水东注齐国。总之，列国都会想方设法地控制黄河的水利资源，而又在面临水患时以邻为壑。

在这种背景下，各个诸侯国也围绕共享水利资源、共同规避水患逐步达成了共识。这就是齐桓公在葵丘会盟中提出的"无曲防"。

公元前651年，齐国与宋、卫、郑、许、曹等诸侯国在葵丘举行了会盟。葵丘在今山东省曹县与河南省民权县的交界处，也有说法称其在山东鄄城、河南兰考。在此次会盟中，当时周王朝名义上的最高统治者周襄王专门派使臣到达会盟现场，在隆重肃穆的仪式中向齐桓公馈赠礼品。这意味着周襄王承认了齐桓公"诸侯盟主"的地位。也是在这次会盟中，齐桓公与各诸侯国君主共同盟誓，确立了"无曲防"的原则。

"曲防"指诸侯国在各地修筑的对自己有利的堤坝。这种堤坝有两方面的作用：其一，如果遇到黄河泛滥，这些堤坝可以保护本国的农田免受洪水的冲击，并将洪水引至邻国疆域内，从而把水患转嫁出去；其二，当出现旱灾时，修筑堤坝堵截河水，可以保障本国农业用水的充足，但因为截留了邻国的水资源，反而会使邻国遭受旱灾、粮食减产。总而言之，遍地修筑"曲防"是一种损人利己的行为。

齐桓公提出的"无曲防"，就是不修筑"曲防"。在古代典籍中，"无曲防"还有一些同义名称。例如，《公羊传·僖公三年》中记载的"无障谷"，也是诸侯会盟时由齐桓公提出来的。"障谷"就是截断山谷川流，控制住河水的灌溉之利为己所用，如此一来，下游的诸侯国就有无水灌溉的危险。再如，《穀梁传·僖公九年》中记载的葵丘会盟的盟誓之词为"毋壅泉"，同样是说不要截断河水、控制水利。

齐桓公在葵丘会盟中提出的"无曲防"，对各诸侯国共享黄河灌溉之利、减轻黄河水患有着重要作用。春秋时期，各诸侯国注重盟誓，将"无曲防"作为誓词，就是将"无曲防"作为一项重要的约定予以践行。各诸侯国不再截断灌溉水源，不再以邻为壑，有利于协调、缓和相互之间的关系，减少摩擦冲突，从而降低战争风险。总而言之，各诸侯国共同遵守、践行"无曲防"的原则，是共享黄河水利、规避黄河水患的重要做法。

2. 贾让"治河三策"

西汉中后期，黄河水患严重，给沿黄民众的生产生活带来了巨大的影响，也给西汉政府造成了沉重的压力。如何治理黄河水患，成了国家统治阶层面临的严峻问题。当时，黄河在魏郡以东的地区（西汉冀州东南部，即今山东省西部、河北省东南部、河南省东北部）频频决口。负责全国堤防事务的平当向汉哀帝刘欣上奏，建议政府征召懂得治河的人才，寻访切实可行的治河方略。随后，西汉朝廷发出了求贤令。贾让的"治河三策"就是在这种背景下出现的。

贾让的"治河三策"，是在实地考察魏郡以东地区的堤防、进行系统思考的基础上提出来的。翔实的实地勘察有力地支撑了其治河策略的科学性、合理性，也揭示出了一个严峻的现实问题：沿黄民众在黄泛区聚居落户，耕种土地，并且反复修筑石堤防护家园，才导致黄河河道不断缩窄，而且变得十分曲折，从而加重了水患灾害。贾让立足实际情况，提出了治河的上、中、下三条策略。

贾让首先向汉哀帝提出上策，他认为，应该将冀州境内沿黄河弯道居住的民众全部迁走，让黄河在黎阳遮害亭决口并改道，把黄河水分泄到冀州。冀州境内西面有大山丘陵，东面有之前修筑的大堤。黄河水在这个范围内北流入海，不会造成大的灾害。

大臣中有人提出反对意见，认为迁徙大量民众，破坏、淹没当地的城郭与田庐墓地，可能会招致当地民众的怨言。

贾让对这个问题进行了理性分析，他认为，当年大禹治水，就曾凿龙门、破碣石。如今毁掉一些城郭，与大禹当年"与天斗"的难度相比不值一提。而且，如果继续维持原状，沿黄各地每年都会花费不计其数的钱财用于加固堤坝，而这笔巨大的开支完全可以用于安置迁徙的民众。更何况，黄河河道狭窄与民众沿黄聚居有直接关系，而汉朝地域广大，没必要与黄河争夺地方来安置民众。

然后，贾让向汉哀帝提出了中策，可以在冀州一带多开凿一些渠道，分泄黄河水的同时，方便当地民众灌溉农田。

大臣中同样有人反对这条策略，他们的理由是，当地黄河的水位高于平地，每年增修堤坝尚且无法防止决口泛滥，如果开渠，会加剧黄河险情，使得局面更加不可收拾。

贾让同样对此进行了反驳，他指出，目前黄河下游堤高于岸，已经十分危险，黎阳一带已经存在河床高于民房的现象。分泄黄河水已经势在必行。而且，开凿渠道分泄河水至少可以有三个效果——引黄河水灌溉，可以改善冀州土壤，起到肥田的作用；引黄河水灌溉，过去种植禾麦的土地能够种植粳稻，从而提高农田的产量；用渠道引水还可以改善漕运问题。

最后，贾让献给汉哀帝的下策是，维持现状不变，每年继续花费大量的人力、物力去修缮原有的堤坝，而且每年还要继续遭受黄河水患带来的灾害。

贾让的"治河三策"，是中国古代历史上首次出现的关于治河方略的系统阐述与论证，在中国水利史上占有十分重要的地位。虽然西汉政府并没有及时采纳贾让的上策和中策，但依然没能掩盖他的思想光芒。"治河三策"在后世受到了历代治水名臣的重视。明朝邱浚称赞说："古今言治河者，皆莫出贾让三策。"给予了贾让极高的评价。

3. 王延世"竹笼载石"修河堤

西汉后期，黄河在今山东、河南、河北三省交界处频繁决口，对当地民众的生产生活造成了严重危害，给黄河下游地区造成了巨大灾难，也给西汉政府带来了沉重负担。

建始四年（前 29）秋，黄河在东郡、馆陶决口。这个位置大致相当于今山东西部的荏平、聊城、莘县、阳谷与河北东南部的馆陶一带。因水势浩大，兖州、豫州都被波及，4 个郡、32 个县受灾，洪水漫溢的面积约有 15 万顷，水最深的地方达 10 米，冲坏庐舍房屋 4 万多所。面对紧张的局面，汉成帝刘骜采取了两手措施：一方面，他紧急调拨钱粮接济受灾严重的地区，仅运粮船只就征用了 500 多艘，同时紧急将沿河地区的民众约 9.7 万人迁走；另一方面，他任命王延世为河堤使者，主持筑堤防洪工作。

面对汹涌的洪水，如何迅速堵塞决口是一个重要问题。王延世采取了前人未曾使用过的"竹笼载石"之法，极大地提高了修堵决口的效率。《汉书》中记载了王延世修堤时所用的"竹落"，又被写作"竹络"，就是竹笼。王延世的方法是，用竹子编制大量的竹笼，在竹笼中放置石块，用这种竹笼去堵塞堤坝。竹笼的形状是巨大的圆柱体，"长四丈，大九围"，九个人伸开双臂才能合成一圈。这种竹笼俨然是一个庞然大物。

然而，如何在汹涌的洪水中将这个庞然大物堆放在决口的地方，也是一个难题。而且，庞大的圆柱形竹笼已非人力可以搬运。王延世为此专门设计了一套办法——两条大船夹载一个竹笼，将它运送、放置到指定位置上。这样一来，大竹笼被一个一个地填放到了决口处。在王延世的指挥下，筑堤的速度大大加快。仅仅用了三十六天，王延世便率人将决口的河堤修好了。

河堤修好后，汉成帝大为高兴，将"建始五年"改称为"河平元年"。将"河平"作为年号，正是为了纪念此次洪灾的消弭。因王延世修堤用时短、效率高、花费少，汉成帝对他大加褒奖，任命他为光禄大夫，封爵关内侯。

两年后，黄河又在平原郡决口，洪水冲入济南郡、千乘郡。王延世与杨焉、许商、马延年等人一同前往修堤，再次取得成功。王延世等人用"竹笼载石"的方法修筑决口的黄河堤坝，极大地提高了修堤的效率，推进了黄河下游地区的灾后恢复工作，为后世所称道、效仿。

4. 欧阳修劝阻兴大工

北宋时期，黄河水患频发。今天的山东、河南、河北地区在当时深受影响。北宋政府为此先后启动了数个大型水利工程，官员、民众也纷纷向政府提出有关治河的建议。著名的文学家、政治家、史学家、"唐宋八大家"之一、北宋诗文革新运动的先驱欧阳修，也围绕治理黄河、保障民生提出过自己的建议。

宋仁宗赵祯统治时期，黄河水患给沿河民众与北宋政府造成了极大的困扰。庆历八年（1048），黄河在商胡（今河南濮阳东北）决口，河水北涌，在乾宁军（今河北省青县）一带入海，当地变成了一片泽国。黄河从此由东流入海改为北流入海。至和元年（1054），北宋政府担心黄河再次决口，在派人考察了黄河东流故道后，计划征调军民三十万人，开河道一千余里，引导河水走故道东流入海。这是一个极其浩大的工程，在民力、财力方面会有巨大的损耗。欧阳修在经过长期的调查研究与周密思考之后，于第二年上疏，详细陈述了自己的反对意见。

欧阳修向宋仁宗提出，开河道引河东流的计划没有经过深思熟虑，将会花费大量的钱财，还会劳役大量的人力。而且，各地常有天灾发生，各方政府疲于应付，已经出现了"民困国贫"的局面。欧阳修认为，引导黄河走故道的计划是"不量人力，不顺天时"，在当时天灾频繁的背景下，不宜贸然动工。

他着重从体察民生疾苦、保障社会稳定的角度阐述了自己的意见。首先，从公元1054年秋天起，北宋全境范围内出现了旱灾。今山东地区、河南东部、河北地区在当时旱灾尤其严重。在这种情况下，如果再征调民众参加大型工程，会加重民众的负担，有引发民变的危险。其次，从公元1054年冬天起，山东地区不降雨雪，当地民众要花费精力保障农业收成。河北地区则因战乱、天灾人口大量流失。山东、河北无法供应充

欧阳修像（选自《三才图会》）

足的人力。若从其他地区征派，则路途过于遥远。总之，人力不够。最后，当时政府已经同时推动了两项大型的水利工程。按照以往的经验，政府在财政富裕时应付一项工程尚需花费数年，如果三项工程同时开工，则会加剧北宋的积贫积弱。

在奏疏的结尾处，欧阳修进一步强调了自己的观点——国弱民贫的环境不利于启动大型的水利工程，珍惜民力、安定民生是当务之急。欧阳修关于黄河治理的建议，体现了他关心民众疾苦、心系国家大局的高尚情怀与卓越眼光，有效减轻了受灾民众的负担，从而在历史上留下了光辉的一页。

5. 宋神宗时期的黄河改道之争

北宋中后期，黄河多次改道、决口。北宋朝廷围绕着黄河改道展开了一场旷日持久的争论。这就是历史上有名的"回河之争"。

"回河"，就是引导黄河回归到原来的河道上去。北宋庆历八年（1048）之前，黄河原本在今山东滨州一带入海。而这一年，黄河在商胡决口，河水向北奔涌，在乾宁军一带入海。这样，黄河就从之前的东流变为北流。黄河北流之后，河北地区修堤筑坝的工作有增无减，而且黄河仍旧频繁泛滥，不断破坏沿岸堤坝与民田房舍。为此，北宋朝廷在维持黄河北流还是引导黄河回归故道的问题上发生了持续数年的争论。其中，第一阶段的"回河之争"发生在宋神宗赵顼在位时期。

熙宁元年（1068）夏，黄河在河北地区频繁决口。宋神宗赵顼向大臣们询问建议。掌管全国河渠、津梁事务的官员宋昌言、程昉等人认为，自庆历八年黄河北流之后，澶州到乾宁军的堤坝有一千多里被冲毁，给官府、民众带来了巨大的压力。近年来冀州地区的河道淤塞严重，继续任凭黄河北流已经十分危险。所以，最好是在六塔河施工，引导黄河回归东流故道，逐步堵塞北流的河道。

而另一位主管河渠事务的官员王亚则提出了反对意见，主张维持黄河北流。他在奏疏中提到，现在黄河北流在乾宁军一带入海，入海口已经宽约九百米，深约二十七米。引导黄河回归故道，是一件非常艰巨的工作。而且，目前黄河水势迅猛，是抵御北方大辽南侵的天然屏障。所以，不建议引导黄河东流。

治理黄河不能仅仅纸上谈兵，还需要实地调查。于是，宋神宗派翰林学士司马光等人前往黄河河道进行考察。司马光等人不辞辛苦，风餐露宿，经过两个月的实地勘察，认为宋昌言等人的策略可行，建议宋神宗引导黄河东流。熙宁二年（1069）四月，司马光、宋昌言、程昉等人再次考察河道，并向中央奏报了考察结果。宋神宗与王安石、赵抃等朝廷高级官员进行商议。最终，引导黄河回归故道的策略被付诸实践。

然而，引导黄河东流、堵塞北流通道之后，黄河在当年又开始出现溃决。此后水患不断。从元丰元年（1078）起，"河复归北"，黄河又重新北流。宋神宗等人本着爱惜民力、顺应水性的原则，不再强制施行回河策略。"回河之争"至此告一段落。

"回河之争"涉及面很广。大家集思广益，实地勘察。第一阶段的"回河之争"虽以失败告终，但保留了很多有益的建议，积累了有关黄河改道的经验，是古代黄河治理的宝贵财富，也是今人考察宋代黄河治理的重要资料。

6. 宋哲宗时期的黄河改道论争

宋神宗像（原图藏台北故宫博物院）

第一阶段的"回河之争"结束不久，元丰八年（1085），黄河水患再起，今河北地区的诸多郡县当时都受到了水灾的影响。也是在这一年，宋神宗赵顼去世，年仅十岁的宋哲宗赵煦登上了皇位。因为新皇帝的年龄比较小，宋神宗赵顼的母亲、宋哲宗赵煦的祖母太皇太后高氏走上了朝堂，临朝听政，辅助皇帝处理政务。在这种背景下，第二阶段的"回河之争"拉开了序幕。

在朝廷高官文彦博、安焘、王岩叟等人的倡议下，引导黄河回归东流故道的主张再次出现。他们认为，引导黄河回归东流，可以缓解河北地区的水患灾情，而且，黄河在北流过程中屡次泛滥、屡次决口，冲击了沿岸堤坝与军事防御设施，造成了严重破坏，北方防守辽朝的军事优势正在逐步消失。还有大臣发现了潜在的危险，黄河北流后屡次决口泛滥，与之相伴的是黄河河道在不断北移；河道不断北移，则黄河入海口也在不断北移，目前已经临近宋辽两国的边境了。若河道继续北移，就会进入辽朝境内，这样一来，辽朝的控制范围就会涵盖黄河南岸，宋朝对辽军就会无险可守了。"回河东流"受到了主政的高太后的支持，一时间呼声高涨。与"回河东流"的呼声相对，另一派的声音也随之而起。"回河之争"再次打响。

两派意见相持不下，最终在元祐三年（1088）出现了一场是否"回河"的朝堂辩论。在这场激烈的辩论中，两派官员都

宋哲宗像（原图藏台北故宫博物院）

35

详细阐述了自己的观点。主张"回河东流"的官员有文彦博、吕大防、安焘等，他们的主要论点是，黄河继续北流则无法防御辽朝。范纯仁、王存、胡宗愈等人则极力反对"回河东流"。他们提出，让黄河走东流故道会白白浪费民力，而且，自澶渊之盟后，宋辽两国和平相处，没有利用黄河来防御辽朝的必要。这次的辩论十分激烈。然而，这次剑拔弩张的廷议却没有得出最终的结论，争论仍在继续。两种观点相持不下，其实是因为两派政治势力的斗争已经处于胶着状态。

元祐五年（1090）起，北宋朝廷又出现了"以北流为主河道、东流故道用以分水泄洪"的主张。此后，"回河之争"暂时沉寂。元祐七年（1092），"回河之争"再起，两派相持不下。绍圣元年（1094），北宋政府最终实施了"回河东流"的方案，将北流河道堵塞。然而元符二年（1099），黄河又在内黄决口，再度北流，东流故道断流。"回河之争"就此结束。

前后三十余年的"回河之争"，两次引导黄河回归东流故道的庞大工程，最终以失败告终。但是，"回河之争"对考察黄河治理史具有重要的价值和意义。

7. 吴桂芳请开黄河故道

明朝万历四年（1576）冬，淮、扬两地发生了洪水灾害，大水肆虐，走云梯关入海，导致山呼海啸、波涛汹涌、泥沙横流。兴、盐、高、宝数州遭受了洪水灾害。州县人民流离失所，家破人亡，当地百姓的家产、农田等都毁于一旦。

而在前一年，担任漕运总负责人兼凤阳巡抚的吴桂芳刚刚到任。他进士出身，才华横溢，文采出众。吴桂芳心系民生，看到此景潸然泪下。他平复了一下自己的心情，奋笔疾书，将受灾地方的情况以书信的形式向朝廷作了汇报，并且还提出了自己的见解和建议。

吴桂芳以把水倒入瓶子为例子。他说，如果瓶口太小，就不能轻易地把水倒进去，而且会使水飞溅到别的地方；如果瓶口大，倒水就会非常容易。因此，他极力请求拓宽并打通草湾及老黄河的故道，从而拓宽水流入海的通道。其次，他提出，修筑高邮东西两个堤坝，为洪水提供一个滞留之地，阻挡洪水漫溢。当时，万历皇帝年幼，无法自行做出决定，于是和大臣们商量。最后，大家的意见是听取吴桂芳的建议。没过多长时间，草湾河工程大功告成。

不久，黄河决口，把曹县等地淹没，有些人认为吴桂芳的办法不好，对他产生了质疑。吴桂芳对此极力辩解，说道："我这个建议并不能使上游的水不再增多，人总归还是要遵循客观规律，不能改造规律。"御史邵陛为吴桂芳辩解道："很多人把黄河涨水认为是吴桂芳修草湾的过错，这些人阴阳怪气，胡作非为。请求圣上策励吴桂芳，让他再接再厉、继续治河。"皇帝听从了他的建议，继续支持吴桂芳的治河工作，从而保障了黄河治理工程的顺利开展。

他的治水方略在日常生活里也可以使黄河为老百姓的土地提供充足的灌溉水源，为民众饲养的家畜们提供饮用水源。

8. 乔松年、丁宝桢的治黄论辩

在清朝统治时期，朝廷十分看重河务，并且进行了积极的管理。清朝政府将黄河下游的河段划分为南河（江苏段）与东河（河南、山东段），分设河督，负责管理、维修、守护沿河的堤坝，而且规定地方督抚有协助责任。河督直接受中央管制，官员由皇帝亲自任命，治河所用的资金亦由中央财政拨付。

但是，清朝的河务体系在铜瓦厢决口后有了明显转变。咸丰五年（1855），黄河在河南铜瓦厢决口，并改道由山东大清河入海，给山东带去了严重的威胁。同时，因为旧河道断流，南河及东河半数机构闲置。

水患的不良影响太大，河道总督乔松年与山东巡抚丁宝桢在该问题上言辞激烈，谁也不让着谁。乔松年认为，治河不外乎回故道和走新道这两个办法。他权衡轻重后，认为筑堤束黄是最优解。这样做的好处是可以让黄河水奔流入海，不但节约经费开支，而且可以达到事半功倍的效果。丁宝桢不这么认为，他坚信使黄河回归故道更好，因为回归故道有旧制可循，而改道山东则会造成严重灾难，老百姓的住房和其他个人财产会遭受严重威胁，这是出于对山东地区民众的考虑。双方争执不休，谁也不服谁。清政府派李鸿章前往新河道进行实地勘察。李鸿章认为乔松年的方法既简单又好用，他大力支持乔松年，很快就把勘察结果上奏给了朝廷。他的奏折使得丁宝桢心灰意冷。

在治河实践中，乔松年和丁宝桢两个人也有过激烈的争吵。决口伊始，新任山东巡抚文彬看到山东境内的老百姓流离失所，急得吃不下去饭，他匆匆忙忙地与几个贴身随从亲自前去堵决口。此举给乔松年推脱己责提供了一个好的借口。他上奏道："现在文彬是总负责人了，一切工作都应该给他办理。"当时疾病缠身的丁宝桢却一心为民、关心时事，他怒斥乔松年道："身为朝廷大臣，为国家出力应该责无旁贷，而乔松年却把责任推脱给地方官员，这是极其无耻的行为。"乔松年对此不置可否，还嘲笑丁宝桢多管闲事，反劝丁宝桢不如先保重好自己。

当时，清朝廷忙于镇压太平天国起义，深陷战争泥潭，为给军队筹备足够的资金，河政机构陆陆续续地被裁减，转而让地方官府在治理河道的过程中发挥更多的作用。因此乔松年、丁宝桢的治黄争议不了了之。地方官员认为治河困难重重，是费力不讨好的活儿，他们非常不情愿，但是迫于无奈，不得不担负起这一责任。

新河道两岸的地方官绅们四处游说，并积极筹措资金，动员人民治河。山东济宁直隶州知州宗稷辰认为这是利国利民的好事，对稳定民众的生产生活具有重要意义，他四处游历，考察水文情况，言辞诚恳、有理有据、苦口婆心地劝导老百姓修筑堤埝。平阴县知县事必躬亲，不辞辛苦，不惧风雨，没白没黑地工作，他亲自率领着壮丁们修筑沿河堤埝，类似的场景数不胜数。在地方官民的合力之下，治水取得了一定成效。

9. 曾国荃治河

十九世纪四五十年代，太平天国运动风起云涌。清末起义不断，同时还有外敌入侵，清政府内忧外患。这使得国家财政困难，尤其是缺少修治黄河的经费。河道总督不但要忙于河务，而且还要兼顾军务，战事吃紧，河道总督也没功夫对河道、堤防进行全面整治。这就造成了河防松懈、政务废弛的不良后果。

正是在此背景下，1875年，曾国荃改授河道总督。说起曾国荃，大家可能并不熟悉，但他的哥哥就是大名鼎鼎的曾国藩，他们是湖南湘乡人，也都是湘军的主要将领之一。清代的河道总督是管理山东、河南段黄、运两河及附属水利设施的最高行政长官。曾国荃到任后，不辞辛苦，亲自进行实地考察。他发现黄河咆哮不休，屡现险情，水声轰鸣，如同千军万马往来般奔腾不息。见状他不敢有丝毫的停顿懈怠，马不停蹄地开始了工作。

曾国荃为了询问具体情况，他请来了原先管河的官员，并以礼相待。之前的负责人说："不是我们治河不力，实在是财政吃紧，经费十分紧张，巧妇难为无米之炊。另外，每段河道面临的问题不同，且分属不同河督、地方官员管理，同一河道南北两岸的状况也不一样，修治应当具体问题具体分析。因此修治河道要做到河道总督和地方官员互相合作、酌量派定，否则，划分的区域过大会造成治理不力，区域过小则会出现官员冗杂的问题。"于是他上奏表明治河迫在眉睫，请求在归化、萨拉齐、和林格尔、托克托、清水河、丰镇、宁远等地设立七厅，这些地方也就是今天的中国西北部和东北部黄河流经的地区，将这些地方治理好了，黄河流经的其他地区就会太平。人们在那里修筑堤坝、水闸，清淤河道，以便于管理。但是修筑堤坝、水闸，清淤河道，归根到底还是需要经费的。朝廷对河工的固定投入难以为继，曾国荃不得不四处发挥个人影响力，向他所认识的王公贵族、亲戚朋友请求援助。经过多方求援，他最终为治河积攒了充足的资金。

曾国荃意识到孤掌难鸣，他请求山东巡抚一起管理境内流淌的黄河，并想出来了许多务实的修治方案。公元1872年，在黄河工程中原属中央派驻的治河官员的职责被全部委于地方官员，这提高了治河的工作效率。曾国荃为了更好地处理河务，亲自到堤坝勘察，提出治河需因地制宜。

曾国荃任职的这段时间里，他想方设法地筹集尽可能多的资金，千方百计地改善、提高老百姓的生活。但是河务众多、经费匮乏、管理官员贪腐等客观因素严重影响了治河的效果，曾国荃虽已竭尽全力治河，但仍然收效甚微。

三

千年治河　砥砺奋斗

从传说中的大禹治水开始，历代不断对黄河进行治理，涌现出了许多治水名臣和水利专家。他们前仆后继，与沿黄地区的民众共同展开了艰苦卓绝的治河斗争，建立了彪炳史册的光辉业绩，留下了无数动人的故事。他们为黄河治理做出了重要贡献，取得了显著成效，展现了中华民族不畏艰险、踔厉奋发、砥砺奋斗的伟大精神，永远激励着后人为黄河治理贡献力量。

（一）先秦至唐宋治河实践

1. 齐国修筑河堤

春秋战国时期是中国历史上的大变革、大动乱的时代。齐国依山傍海、工商业发达。齐桓公正是依靠这种优势，成了春秋时期的第一个霸主。《论语》中说"桓公九合诸侯，不以兵车"。

但是春秋战国时期，黄河屡屡决堤，齐国洪水灾害频发，老百姓流离失所，泣涕涟涟。洪水使得土地荒芜，家园荒废。为了减轻灾害的影响，维护好老百姓的生命安全，齐国君臣实地考察，身体力行，团结民众，不分昼夜地修筑河堤来阻挡凶猛的洪水。齐国人积极地总结过去治理黄河的经验教训，派专人对洪水多发之处进行细致的考察。官员们对老百姓动之以情，晓之以理，慷慨陈词道："我们兴修河堤是为了让你们过上安安稳稳的好日子，修河堤是一件有利于国计民生的事，使黄河之水安其道也有其他好处，可以为你们种植的粮食作物提供灌溉水源。"老百姓听后干劲十足。男人们积极地运土运沙，他们有节奏地喊着号子，以此来提高自身的工作效率。女人们也并未闲着，变着花样地做出可口的饭菜送到工地，支援施工的队伍。

与郑国渠、都江堰这些大型的水利工程相比，齐国的水利建设非常低调，但影响深远。当时，齐国拥有处于领先水平的水利技术，其境内的河流被改造成了连通的水渠，形成了密集的水网，彼此之间可以互相周济，削峰补枯。发生旱灾时，通过沟渠将水引流到田地之中进行灌溉；发生涝灾时，积水可以通过沟渠汇入河海，在很大程度上保障了当时的农业发展。而影响更深远的却是齐国独特的防洪工程。齐国人首创了河堤改造法，在黄河两岸距离河道二十五里的地方修建了坚固的砖墙。黄河咆哮起来似乎无可阻挡，但在齐国独特的防洪工程面前变得驯服了。

齐国修筑堤坝也为黄河沿岸的其他诸侯国治河提供了参考和借鉴。这也令齐国有着稳定且丰富的灌溉水源，保障了齐国农业的发展，为齐国经济的发展奠定了坚实的基础。

2. 王景治河

两汉之际，黄河在今河北、山东、河南三省交界地带决口，河水在多地泛滥，给黄河下游地区的民众带来了巨大的威胁。面对此情形，地方官员们在治河方面的意见各不相同，争论得非常激烈。

东汉建武十年（34），有人提议治河，但未能实行。此后河势进一步恶化，受河水冲击的影响，老百姓受灾日益严重，黄河沿岸的交通航道也受到了严重影响。

汉明帝永平十二年（69），朝廷痛下决心治理黄河，四处寻找治水英才，最后发现王景是合适的人选。因为王景懂得许多水利知识，擅长水利工程技术，又具有丰富的治水经验，从而皇帝命他主持治河。

王景是东汉时期著名的水利专家，曾经担任河堤谒者一职。治河工程包括治理汴渠和黄河下游河道，动用了数十万人。王景广泛地发动群众，召开动员大会。他动之以情、晓之以理地说："我们今天治河，是为了防止洪水再次发生，让大家以后能安安稳稳地过上好日子。"治河工程需要大量的经费，王景绞尽脑汁，使出浑身解数，筹集到了资金。

王景查阅了当地的水文资料，亲自沿着黄河进行实地考察，率人对黄河下游的地理形势展开了实地勘察，掌握了河道及其周围的具体情况，为科学决策奠定了坚实的基础。

王景科学规划黄河入海路线，设计千里大堤。在东汉朝廷的支持下，王景率领数十万治水民众排除万难，开始了治理黄河这项艰苦卓绝的伟大工程。治河工程主要是修筑沿河大堤，固定新的河道。任务繁重，中午大家就啃几口干粮，喝点儿热水，有时甚至来不及吃饭。王景问大家："我们这样工作，是为了黎民百姓不受黄河泛滥之苦，你们觉得值得吗？"大家齐声回答道："我们为了父母兄弟、妻子儿女不受苦，非常值得！"直到天已经黑透，实在无法展开工作，王景和民众才披星戴月地离开黄河大堤。哪里修堤遇到困难，哪里就会出现王景忙碌、疲惫的身影。王景赢得了修堤老百姓的爱戴和支持。大家万众一心，修筑了千里长堤，终于圆满地完成了治河工作，成功地治理了黄河水道，有效地防止了洪水的发生。

王景是第一个统筹主持修筑黄河千里大堤的人。当然，到王景治河时黄河已经决口泛滥六十多年了。在这期间，人们逐渐修建了一些民埝来保护自己的家园，王景能够在较短的时间内修成千里长堤，在相当程度上是利用了这些已有的民埝。

此外，王景还根据地形和河道的状况，对一些河道进行了改造、疏通，或裁弯取直，或凿高就底，使水流更为通畅。西汉时在临近黄河各郡国的地方设有专门巡视河堤的官员，让他们负责河堤的修护。王景筑堤后为了保证河堤的坚固持久，也效法西汉旧制，设置官吏。这种专员负责制度，对保证河堤的及时修护具有重要作用。

王景治河以后，黄河决溢的次数大大减少，基本上处于安流状态。直到唐朝末年，也就是东汉后的八百多年间，黄河下游没有发生过大的改道。王景造福了两岸人民，受到了后人的称颂。

3. 薛平加宽黄河古道

公元 812 年，唐宪宗征伐淮西的藩镇，升薛平为河南滑州刺史，因为薛平在讨伐淮西时，多次立下战功。滑州距离黄河非常近，经常遭受洪水灾害的侵袭。薛平深感责任重大，积极地承担起了治水的重任。

薛平，字坦涂，出身显赫，是唐朝名将薛仁贵的曾孙。他的父亲薛嵩担任相州刺史，掌管着民政、财政，权力非常大。公元 773 年，薛嵩去世，那个时候的薛平虽然只有十七岁，但深得军吏拥戴，当了统帅。薛平表面上答应了下来，但是暗地里他把这一职位让给了他的叔父，自己却在夜里悄悄护送父亲的灵柩回归故里。等到薛平守丧期满，朝廷起用他为右卫将军。从此，他宿卫南衙三十年。薛平经过调查得知，黄河小道在卫州黎阳县，黎阳在魏博藩镇的地界。当时藩镇的最高行政长官已不听从宪宗的号令，飞扬跋扈，难以指挥。薛平写了一封建议信，言辞诚恳，有理有据。他搬出了唐太宗的名言——"水能载舟，亦能覆舟"。他在信中恳切地说："您作为魏博当地的'父母官'，为人民造福责无旁贷。薛平为了民生利益考虑，希望可以加宽黄河的河床以阻挡凶猛的洪水。加宽黄河故道，让洪水顺利通过，人民得以安定，也会拥护您的统治。反之，若不加宽，百姓遭难，您就变成了孤家寡人，这恐怕不是您想看到的。您是明事理的人，利弊得失自然也很明了，所以于公于私您都应该听从我的建议，早早做出决定。"

魏博的最高行政长官答应了薛平的请求。他也给薛平回了一封信，信中说："想不到朝廷中还有您这样见识超群的人。我读了您的信，非常高兴。您言语诚恳又实在。请您放心，我采纳您的建议并积极落实。"于是薛平给黄河附近的农民更换了其他田地，给他们提供了一个安全稳定的生存居住条件。然后在这一地区加宽河道二十里，以减缓水势。

黄河河道的加宽对抵御洪水颇为奏效。就这样，与滑州地区交界的山东在很长时间内没有发生过水患。加宽黄河古道这件事让薛平深得百姓爱戴，青史留名。他任期结束被召入朝时，百姓们拦道挽留，甚至有人泪流不止。一连过了好几天，薛平才得以脱身。

4. 李谷治河堵决口

在山东省张秋镇及其附近一带，流传着铁牛铁鼠堵决口的传说。据说，在某一年的秋天，黄河突然决堤，把运河冲毁了。为了抢险救灾，大量的役夫在大堤上努力维修。突然，东堤外的平地上涌出了一股泉水，巨大的喷力使得水柱向上喷出老远，吓得周围的人赶快拿来柴草、沙石等堵住。可这压根儿就不管用，水势一点儿都没减小，在张秋镇的东北角涌出来了一个深潭，水流湍急，一条巨大的黑色蛟龙在里面上下翻腾，洪水很快就把周围的村庄淹没了。后来大英雄李谷出现，拯救了危难中的老百姓。

这时有人说这是海眼，是蛟龙在搅动海水作怪。当地县令不敢大意，急忙向兖州知府报告情况。知府意识到事态紧急且严重，迅速反映给了朝廷。皇帝知道后，马上命令在东阿附近治理黄河水患的李谷来勘察情况。李谷接旨后率领自己的手下风尘仆仆地来到张秋，他马上组织当地得力的兵丁民夫，通过挑石头、运土等方式来堵深潭，奋战了好几个月，却没有什么成效。李谷忧心如焚，没日没夜地思考如何处理。

一天黄昏，一人笑着对李谷说："有铁牛铁鼠在此，何必为治水发愁。"言罢，此人便不见踪影。又过了几天，李谷路过水潭，听见一个老妇人喊："铁牛！铁鼠！回家。"从树林深处走出来两个人，二人一前一后抬着一根非常长的黑铁杵走了过来。李谷立马想到了此前的提示。

第二天，李谷找到老妇人，向她请教治水之法。铁牛、铁鼠二人主动说道："李大人可准备柴薪千担，土石万方，另率领两万人役在潭边等候。"李谷听从建议，带着军民一字排开，在潭边等候。辰时刚到，只见铁牛、铁鼠二人扛着黑铁杵来到了潭边，脸上平静如常，转身后抓起铁杵向水中冲去。蛟龙见铁杵刺来，张开血盆大口咬住，铁杵刺进了蛟龙的喉咙。蛟龙摇头摆尾地挣扎着，慢慢向水中沉去，铁牛、铁鼠二人也随蛟龙一起沉入了水中。

过了一会儿，潭水停止了喷涌，水面不同平常，一片平静。

人们悲伤地喊着他们的名字。李谷立即命令大家一起行动，军民们劲头十足，不顾劳累和饥饿，到次日中午，就已经在深潭上筑起了一座十几丈高的土岗。为了纪念铁牛、铁鼠二人，人们建造了"铁牛""铁鼠"形象的石碑。

5. 赵匡胤的治河措施

北宋初期，黄河在今河南、山东地区频繁决口。北宋定都开封，今河南地区是当时北宋的京畿要地，而山东地区又紧邻河南。因此，黄河下游的水患给政府带来了沉重的负担。乾德二年（964），黄河在山东东平决口，七个州受灾。第二年秋，暴雨连绵，黄河在开封附近的阳武县又决口。乾德四年（966），灵河县（今河南滑县附近）大堤决口。总之，接连不断的水患给沿黄地区的民众带来了深重的灾难。

当时的皇帝赵匡胤十分关心黄河治理问题。赵匡胤是北宋的开国君主，青年时期曾游历各地，对水患危害有深刻的认识，对受灾民众也十分关心。凡遇重大水情，赵匡胤都会派遣得力大臣前往当地，直接督导河堤的修缮工作。乾德二年，赵匡胤派遣官员沿黄河河道勘察，制定了修理黄河古道的方案。但因方案耗费巨大，赵匡胤并没有实施。乾德四年，灵河县大堤决口。宋太祖派遣中央高级将领带领、督促士卒丁夫几万人开展修堤工作，对受灾地区全部减免租税。开宝五年（972），黄河又在濮阳决口。赵匡胤派曹翰征调五万人前往修堤。曹翰亲赴修堤现场指挥，很快完成了修堤工作。

赵匡胤实行了"遣使行视"的治河制度，并在沿黄的各州府设置了管理河堤的专门官员。乾德五年（967），赵匡胤把分派使者巡视河道作为一项每年固定实行的常规措施。被派去巡视河道的官员要负责征调丁夫修缮治理堤坝，动工的时间集中在每年的正月到三月。同时，赵匡胤命令沿黄河河道的各州长官兼任本州的河堤使，负责辖区境内的河堤事务。开宝五年，赵匡胤又在沿黄的各州府专门设置了河堤官一职，由各州的通判（各州长官的副职）担任。

赵匡胤还向全国征询有关黄河治理的建议。开宝五年六月，宋太祖在颁发给全国的诏书中提到，今年以来黄河下游地区暴雨连绵，水患严重。黄河屡次决口泛滥，给当地的民众带来了很大困扰。据古书记载，大禹治水的时候采取了疏导之法，依据山川形势将黄河水导引入海。那时还没有在黄河两岸修筑高堤的做法。战国时期，各个诸侯国为了一己私利，往往

宋太祖像（原图藏台北故宫博物院）

堵塞河道，控制水利，同时又以邻为壑，转移水害。自此之后，历代水患就没有平息过。现在，朝廷向天下求贤，不论官绅庶民，凡是研究河渠著作、精通疏导之术的人，都可以上书条陈自己的治河主张。只要上书，自己都将仔细阅读，并将其中的优秀建议付诸实践。诏书发布后，"东鲁逸人"田告呈交了自己编纂的《禹元经》十二篇。赵匡胤立刻将田告请到了开封，亲自向他请教治水的方法，并想派他担任官职。田告深受感动，但因家中父亲年老，执意辞官不受。

赵匡胤多措并举治理黄河，有效促进了北宋前期黄河治理工作的开展，减轻了黄河下游沿河地区民众的负担。知人善任、设置专官、征询良策等措施，对后世的黄河治理工作有重要的启发作用。

6. 赵光义派军队代替灾民修河堤

北宋前期，黄河下游频发的水患对北宋统治阶层而言是心腹之患，对沿黄地区民众的生产生活也造成了极大的危害。赵匡胤的弟弟赵光义统治北宋时期，为了减轻受灾地区民众的负担，改变了从灾区征集民夫修筑河堤的传统做法。

在黄河屡次决口、政府屡次修堤的过程中，节约受灾地区的民力这一举措逐步引起了赵光义的重视。太平兴国七年（982），黄河水位猛涨，洪水漫溢，郓州告急。赵光义派中央高级官员火速前往当地加固河堤。到了第二年的五月，黄河在滑州（今河南滑县）决口，澶州、濮州、曹州、济州的

宋太宗像（原图藏台北故宫博物院）

民田庐舍都被洪水破坏了。赵光义紧急派人征调当地的民夫去堵塞决口。但因为当地民众受这次水患的影响比较严重，修堤工程一直持续了七个月，到当年年底才结束。当地民众在修复家园、恢复生产之余，还要应付官府的修堤任务。这样做，无异于加重了受灾地区民众的负担。也是这个原因，修堤工程迟迟不能完成。

第二年，滑州官府再次向朝廷报告，黄河在当地又一次决口。赵光义吸取了上次的教训，没有再征调当地的受灾民众去修筑决口的河堤。他对大臣们说："上次黄河在滑州决口时，我们便征调当地民众修缮河堤，但因民众受灾严重，力不从心，在修堤的过程中耗费了大量时间。现在滑州再次决口，不能再让修堤工作加重受灾民众的困苦。"

于是，他调集军队五万人，派高级将领、北宋名将田重进全面负责修堤事务，并派翰林学士到当地举行祭河大礼，安定民心。在田重进的指挥下，军队很快完成了修堤工作。因为没有劳役负担，受灾民众的生产生活也得以很快恢复。在修堤的过程中，当地民众自发地馈赠衣食等物资，感谢军队的帮助。

淳化四年（993）十月，黄河又在澶州决口，毁坏房屋七千多所。有了上次的经验，赵光义再次调集军队帮助受灾民众修缮河堤，既很快完成了修堤工程，又加快了受灾民众修复家园、恢复生产的进度。

为节约民力，赵光义调用军队帮助受灾的民众修缮河堤，减轻了受灾地区民众的负担，促进了当地经济的恢复，提高了治理水患的效率。

7. 陈若拙治河堵疏并用

宋代咸平三年（1000）五月，黄河在郓州（今山东郓城）决口，郓州百姓危在旦夕。这一噩耗迅速传到京都，满朝文武大臣纷纷建言献策，最终朝廷决定迁城以避水患，但一时竟找不到前去治理水患的合适人选。于是天命之年的陈若拙临危受命，被任命为京东转运使，巡视河患。

陈若拙，宋代幽州人，自幼好学，曾经面见宋太宗，太宗见他答对详雅不俗，就要授予他军职，陈若拙并没有接受这份恩荣。他在二十五岁时取得进士及第，之后担任过鄂州通判、知州府、兵部郎中、京东转运使等职，六十四岁时去世。在他三十余年的做官生涯中，虽然起起伏伏，但也颇有政绩，其中，堵疏并用治理黄河就在治黄史上留下了浓墨重彩的一笔。

在一番实地调查后，为了更好、更快地治理水患，拯救黎民于水火之间，陈若拙决定堵疏并施。他多次连夜动员兵士与民众堵塞决口，又在齐州（今山东济南）疏浚河道引导水势，在采金山修筑了长堤，以最快的速度解决了这次水患。治理郓城水患期间，陈若拙栉风沐雨，率先垂范，他不顾身边官员的阻拦，执意脱下官服，换上便装，亲自上阵，并且义正词严地对随从说："我一食朝廷俸禄，当为君分忧；二作为'父母官'，怎能在民众受灾之时袖手旁观？"说罢他挽起裤腿，跑进了正在堵塞决口的人群中。人们也许想不到，在一群早已被黄沙遮得看不清脸的军民中，还有一位官员正在与他们共同作战。陈若拙看着流离失所的灾民、被洪水冲毁的村庄，不由得心生怜悯，便上书奏请皇帝免除附近六州所需征收的五百万根梢木，为当地民众减轻负担。陈若拙带领六州民众全力治河，终于平息了水患，附近六州的百姓也很感念他的恩德。

不久，太宗召陈若拙还朝，并对其进行了嘉奖，任命他为刑部郎中、潭州知州。当时朝廷三司使一职正处于空缺状态，陈若拙觉得凭自己多年的功劳，皇帝肯定会任命自己。等到诏令下来，陈若拙发现并不是自己，大失所望，对太宗说："父母已经年老，不愿远行，请求皇上收回成命。"太宗听到陈若拙这样说非常生气，便对宰相说："士大夫操行修养，必须名实相符，总听别人说陈若拙有才干，特委以重任，如今陈若拙如此，亦须降职惩处。"于是追回了授予陈若拙的褒奖，撤销了他的职务，调任他为处州知州。但是陈若拙并没有因为降职而自暴自弃，反而更加勤于政务。当时享有声望的陈尧叟曾上书，称赞陈若拙爱民如子，政绩卓著。

陈若拙为官一直勤勤恳恳、兢兢业业，无论是治理黄河还是治理地方，都为百姓创造了不少福祉。陈若拙这种疏堵并用的治河方略不仅给治河官员提供了借鉴，还为郓州等地的沿岸百姓带来了稳定和富足。

8. 范讽划分河田

黄河屡次泛滥，造成沿黄民众的田地边界模糊，不利于农业生产的恢复与发展。在北宋，范讽划分河田的事迹一度被传为美谈。范讽，山东济南人，是宋朝大臣范正辞之子，自幼文采斐然，性格旷达豪放，任情不羁。家乡的一些名人隐士慕其所为，常常与其交游，时号"东州逸党"。范讽为官清廉，济贫扶弱，对待政务事必躬亲，辖区内一切不合法的行为都会被严厉惩治。

范讽中进士后，曾在淄州做通判，当时淄州发生了大旱灾害，蝗虫滋生，百姓苦不堪言。因为蝗虫不吃菽这种豆类，所以百姓希望补种菽，但苦于无种。范讽巡视了邹平县后，决定开官仓把种子贷给当地百姓。县令认为这不可行，范讽义正词严地反驳道："若有任何问题，我负全责。"县令无奈，便贷出三万斛，到了秋季，百姓都如数还给了官仓。范讽帮助他们渡过了难关，大家都感念他的恩德。

黄河自古以来就常年淤滞，多次决口，多次迁徙河道，常常给当地百姓带来一系列灾害，特别是黄河下游地区的土地农田受到严重毁坏。等到黄河水消退后，虽然流域内土地肥沃，但田界早已混乱不清，邻里总是因为土地分割不清而产生矛盾。为此诉讼不断，邻里之间常常争得面红耳赤，甚至大打出手，严重影响了乡民的正常生活。官府虽然想要解决问题，却束手无策，只能任由事态发展。

　　范讽看到这件事情久而未决，便决定主持分辨土地疆界，重新划分河田。范讽先去考察了土地情况，按照土地贫瘠或者肥沃的程度建立地券，争取每家每户分到的土地是相对公平的。这一系列准备工作做好后，范讽召集各家田主，让他们自己抓阄选择自家地券。各家田主看到分得的土地既有良田，也有相对较贫瘠的土地，各家各户都是如此，且总体上土地肥力相当，心里都很佩服范讽的公正。这场田地争讼因此才渐渐平息。因为这件事，范讽在当地树立了威信，赢得了民心。

　　后来，范讽因为母亲年老辞官，于是朝廷改任其为郓州通判。在郓州做官期间，范讽下令，凡是负担徭役的人，都可免除其租赋，为当地百姓减轻了负担。范讽这一举措受到了百姓的欢迎，为自己赢得了好的名声。

（二）金元治河实践

1. 金朝设置专官治河

　　九曲黄河万里沙，黄河自古以来以"善淤、善决、善徙"闻名于世。根据《金史·河渠志》的记载，黄河在数十年间屡屡泛滥，决溢、改道十几次。从目前已有的史料记载中可以发现，黄河在金代泛滥严重，而且间隔时间较短，甚至有年年泛滥、决口的情况。金代黄河灾患基本集中在河北东路、河北西路、山东东路、山东西路，即今天的河北、山东、河南三省，所以这些地区社会经济发展受到的影响也尤为严重。宋金时期，宋人为阻止金兵南下，在卫州和滑州之间人为决河，使黄河向东流向豫、鲁地区。从此，黄河离开了流经浚、滑一带的故道，南流入海的趋势日益增强，同时也造成了金朝黄河多次泛滥成灾的惨烈景象。

　　"黄河宁，天下平"，黄河的治理对金朝统治者来说是安民兴邦的大事。金朝政府将河防工作视为"国家之重事"，建立了规模相当庞大的治黄管理机构，而且设置了专官进行治河。金代设置了都水监一职，监管三省河防，下设都水使者，隶属于三省制之下的工部。到了正隆元年（1156），随着金代中央制度的改变，金代的水利管理体系也发生了改变。金代在尚书省之下设置了左、右司，右司总察兵、刑、工三事。宋、金治黄官吏均带管河头衔，亦负实际责任，有时中央也会派非水利部门的官吏前往地方管水利，但往往为临时差遣。

鉴于黄沁两河下游防洪息息相关，金代增设了黄沁都巡河官，从七品，掌管巡视河道、修筑堤堰、栽植榆柳等河防之事。金人还制定了《河防令》，这是中国历史上第一部防洪法令。河工官员一旦有事，朝廷还要另外诏派临时性官员前往督导，沿河各级地方官员仍都兼理河务，以致河工官员名目繁多。此外，治河官员的相关奖惩制度也逐步得到了完善，对各类巡河官的考察与奖惩都做出了规定。巡河官到任一年后，经提刑司体察，若不称职，即日罢免；如果表现突出，治河有功，便能得到提拔。

此后，金朝统治黄河流域一个半世纪，为治理河患投入了大量的人力、物力，取得了一定的效果。中国古代的水利行政管理体制在金代基本定型，一直到明清，中间虽有若干变化，但大体上仍是这样的格局。金朝设置专门官员管理河防在治黄史上意义重大，对后世的水利管理行政官制影响深远。

2. 郭守敬勘测黄河

在元朝不到一百年的统治时间内，黄河漫溢决口多达数十次。在如此严峻的形势下，中国历史上著名的天文学家、数学家、水利工程专家郭守敬主持了一次对黄河的勘测工作。郭守敬（1231—1316），字若思，顺德邢台（今河北邢台）人，幼年时被祖父邢州大儒郭荣抚养，精通"五经"与算数、水利。他在青年时即崭露头角，其家乡邢州城北郊的河渠水漫溢导致石桥被冲毁，深陷淤泥中，郭守敬参与了河道的整修工作，将石桥遗物挖出并修复，他还疏浚了河道，便利了交通，促进了当地农业生产的恢复。

中统三年（1262），郭守敬在中书左丞张文谦的推荐下主持水利，并得到了元朝皇帝忽必烈的召见，他在觐见时面陈"水利六事"，深得忽必烈的赏识，忽必烈称赞他"当务者，此人真不为素餐矣"。忽必烈还授其提举诸路河渠之职。至元元年（1264），郭守敬作为副河渠使，随同张文谦全面负责西夏的治水工作，他根据黄河两岸的地势水情绘制出了黄河堪舆图。在宁夏期间，他向元世祖忽必烈提出了开发黄河、探寻黄河源头的建议，并奉旨在西夏"尝挽舟溯流而上，究所谓河源者"。可以说，郭守敬实际上是探寻黄河源头的第一人！

至元八年（1271），郭守敬担任统管全国河渠水利的都水监。至元十二年（1275），他奉命巡视山东等地，沿着黄河流向从下游一直向上游追溯，调查通航路线，规划对大运河山东段的治理。从孟津（今河南孟津县东南）以东，他沿着黄河故道前行，沿岸捧起一抔抔黄土，仔细观察着黄土的土质，根据其特点加以利用；他用步伐一点点丈量，体验地形的变化与高低起伏，判断地形情况后，再令专职人员用仪器测量地势起伏的高低与河岸的长宽等，并对卫、泗、汶、济等河进行勘测；他根据地形和水系分布特点，判断当地是否具备开凿运河的条件。他还规划运河河道，测量孟门以东的黄河故道，规划黄河分洪及灌溉。也是在这里，他提出了"海拔"的概念。

在对汶水的勘测过程中，出于引汶济运的目的，郭守敬布设了六条测绘线，记录在了元代数学家、太史院使齐履谦所撰的《知太史院事郭公行状》中：其一是从陵州至大名；其二是从济州到沛县，又向南到吕梁；其三是从东平到纲城；其四是从东平清河越过黄河故道，一直追寻到它与御河相接的地方；其五是从卫州御河到东平；其六是从东平西南水泊到御河。经过详细、周密的勘察，郭守敬最终考察清楚了济州、大名、东平、泗水、汶河和御河相通的形势，根据掌握的现状绘制成图，并上奏给了元朝中央政府。

至元十九年（1282）至至元二十年（1283），郭守敬又主持修筑了济州至安山的济州河，该河长达 130 里。至元二十六年（1289），郭守敬又带领下属开通了安山至临清长达 265 里的会通河，筑造并修复了船闸 31 座，今山东地区的运河建设在当时基本完成。除了这些开创性的修筑，他还在隋唐时期已有的大运河的基础上"裁弯取直"，使得漕运里程大大缩短，提高了航运速度。总之，郭守敬对黄河治理与运河运输做出了极其重要的贡献。

3. 贾鲁治河疏塞并举

元朝的水患相较于以往，呈现出更为严重的形势。到元顺帝执政期间，黄河河患日益严重，尤其是至正四年（1344）五月，大雨持续下了二十余日，平地水深六七米，河水暴涨，黄河决口改道。河水在山东曹县向北冲决了白茅堤。六月，又向北冲决了金堤，沿岸州县皆遭水患，河南、山东、安徽、江苏交界地区的大片土地变成了千里泽国。而且，水势北侵安山，沿入会通运河，延袤济南等地，连两淮的盐场都受到了直接威胁，严重妨碍了国计民生。

元朝丞相脱脱召贾鲁等人探讨治河方略。至正十一年(1351)朝廷任命贾鲁为工部尚书、总治河防使。贾鲁(1297—1353)，字友恒，元代高平（今山西晋城）人，是元代著名的河防大臣、水利学家。贾鲁曾亲自率人修筑黄河，多次主持治理黄河。

严重的黄河水灾导致许多民居、田地被损毁，严重损害了百姓的利益，甚至危及两淮盐场，对国计民生产生了极大的威胁。贾鲁临危受命，任行都水监一职。贾鲁领命之后，沿着河道往返数千里，亲自带人到黄河边考察地形，反复勘测研究，最终将结果绘制成了地图并上奏给了皇上。在奏疏中，贾鲁提出治河二策："一议修筑北堤，以制横溃，其用功省；一议疏塞并举，挽河使东行，以复故道，其功费甚大。"但是这两个方案遭到了诸多保守朝臣的反对，最终未能付诸实践。然而，持续不断的黄河决溢对百姓生活的影响日益严重，于民众是灾难，于朝廷的财政收入与交通运输亦是极大的威胁。治理黄河迫在眉睫。

至正十一年四月，时年五十五岁的贾鲁受命为总治河防使后，即奔赴河南治河，风餐露宿，日夜兼程，渴了就喝路边的溪水，饿了就吃包裹中的干粮，就这样，他用最短的时间到达了河南治河现场，率领来自汴梁、大名、庐州的十七万人治理河道。面对奔腾的黄河，他亲自到黄河两岸的工地上指挥、监督、巡查，疏、浚、塞并举，宜疏则疏，宜塞则塞，需防则防，需泄则泄。他深知要使泛滥七年之久的黄河水回归淤积已久的故道，必须从整治白茅、黄陵岗以下淤积特别严重的河段开始。他带领众人疏浚旧道，同时也开始挖通减水河。不仅如此，他还根据"先堵小口，后堵大口"的原则，对故道堤防豁口一一进行堵塞或修建重堤。他还修建了龙尾大埽，使堤防抗御洪水的能力大大提高。

然而于此工程而言，最关键的一步是堵塞黄陵岗对岸的白茅决口。贾鲁亲自参与并领导了这一工程，组织重要力量修建了总长二十六里的刺水大堤三道以减弱口门水流，在南北两岸修建了"长九里百六十步"和"长十里四十一步"的截河大堤以拦截河流，同时征集远至灵武（今宁夏灵武县）和京畿一带的著名埽工，在口门东西筑造与大堤平行的庞大埽体。不过，由于口门仍然"南北广四百余步，中流深三丈余""北岸西中刺水及截河三堤犹短"，疏浚力量不足，十分之八的水量仍走决河。此时如不设法抢堵决口，就有水全部涌入决河、故道重新淤塞的可能。

面对这种局面，贾鲁"乃精思障水入故河之方"，毅然采取了沉船筑堤的办法，以加强刺水大堤和截河大堤的疏浚能力。贾鲁在决口上首逆流排大船二十七艘，将其用大麻绳和竹缆紧紧系在一起，组成方舟，依次排列，一面抛大铁锚于上流，固定船位，一面用长数百丈的大绳将船拴于岸边的木桩之上，不使其摆动。接着，在船舱中"略铺散草，满贮小石"，上钉合子板，板上做埽数层。然后给每艘船选择机警能干的水工两人，他们手执斧凿分别立于船头和船尾，听到岸上鼓鸣，就一齐凿船使之下沉。待船入水后，在船上加高埽体，在船后筑草埽三道，形成坚强的"船堤"，逼水南注故道。最后，在口门处下二丈高的大埽，"或四或五"，进行堵口。

在贾鲁的领导下，治河工人们同心协力，众志成城。至关重要的堵口合龙门工作顺利完成，黄河回归了故道，向东南流经淮河入海，多年的水患得以平息。

（三）明代治河实践

1. 徐达引河入泗

徐达出身贫微，但他性情刚毅，自幼便开始刻苦习武，练得一身好功夫。元朝末年，徐达参加了朱元璋领导的起义军，并且不久就展示出了卓越的军事才能，在军中获得了很高的声望。明朝建立之后，徐达作为开国功臣很受朱元璋器重，被封为左相国，成了朱元璋的左膀右臂。

明代洪武元年（1368），徐达率军北伐，试图一举推翻元朝的统治。可是当时黄河泛滥，给沿河中下游地区的人民带来了巨大的灾难，致使大批的灾民流窜。而且有一句民谣在灾民中广为流传："石人一只眼，挑动黄河天下反。"这种隐藏的反抗情绪严重危及了社会稳定。同年黄河在曹州双河口决口，水入鱼台，大片农田被淹没。

此时明朝开国大将徐达正要北征，黄河决口阻碍了大军行进。危急之下，朝廷决定采取引河入泗的治河策略。徐达为了方便军运，决定亲自监督实施引河入泗这一举措。他邀请了很多有过治河经验的官员，与他们一起商议引河入泗的可行性，还向他们陈明了这次治河的利害："各位同僚，各位大人，我今日提出引河入泗这一方案，对大明朝的安定和开疆扩土有重要意义，不过我深知自己带兵打仗可以，但在治河方面我是外行，不知这一方案是否可行，特向在座的各位请教。"最终，参与商议的官员们都赞同徐达的计划。

在确定了引河入泗这一方案后，徐达亲自考察地形，和当时的水利专家多次循行河道，掌握了开塌场口的要害。考察完地形后，徐达命人将观察所见绘制成图，在专业人员的指导下带领兵士开塌场口，即"济宁以西、耐牢坡以南直抵鱼台南阳道"，引黄河水入泗水以济运河。之后，黄河水屡次经过牛头河进入泗河。

元末明初，由于黄河淤废，京杭运河间断了五十余年，但是从济宁向南的泗水运道还能继续通航。漕运虽断，但地区间的商旅航行却没有断绝，尤其是徐达自鱼台塌场口向北开挖牛头河，使黄河水经济宁西的耐劳坡、南旺、郓城东至双河口，引黄河水入泗通运这一创举，让泗水运道焕发了生机。

徐达引河入泗这一创举成就了泗淮运道。与隋唐运河、京杭运河那种由官方专营的漕粮运道不同，泗淮运道更多的是用于战争和民间商旅来往。泗淮运道与居民的生产生活紧密相关，因此其对社会文明的发展，尤其是对鲁南地区的经济、社会、文化的繁荣具有重大意义。在数千年的历史上，泗淮沿线形成

徐达像（选自《三才图会》）

了许多繁荣的商埠和著名城镇，如鲁桥、济宁等，这些古镇无不衍生于这条水路要道，并留下了历史见证。

2. 明成祖通运河

会通河是指自元代东平路须城县之安山西南起，经寿张西北，过东昌路，再达西北临清之会通镇，与御河（卫河）相接的一段河道，也就是今天穿越聊城市境的京杭大运河。最初，会通河仅仅包括临清到须城间的一段运道。明朝时，临清会通镇以南一直延伸至徐州茶城以北的运河河道，都被称为"会通河"。会通河是南北大运河极其紧要的一个河段。明初定都南京后，大运河的作用有所降低，加之黄河泛滥等原因，运河河段淤塞。明洪武二十四年（1391），黄河在原武（今河南原阳

西北）处再次决口，越出河道的洪水裹挟着厚厚的泥沙滚滚北上，会通河有近三分之一的河段被毁，进而导致大运河中断，漕粮北上的航道被阻。

明成祖迁都北京后，大规模的南粮北运成为当时亟须解决的重要议题。纵观全局而言，海运风险重重，路途远，途中损耗巨大。而河运的路线是从长江、淮河抵达阳武，再征用山西、河南的壮丁，在岸上用绳子拉船前进一百七十里进入卫河，途经八个递运所才能到达，百姓劳役负担沉重。沟通南北大运河的呼声高涨。永乐九年（1411），山东济宁同知潘叔正上书，言明了开通会通河的必要性和可能性。明成祖深以为然，于是下令工部尚书宋礼征发山东、徐州、应天（今南京）、镇江等地的民工三十万，疏浚自济宁到临清的元代运河。

当时最关键的问题是会通河缺乏水源。元朝开凿会通河之时，在汶河修筑了堽城坝，把汶水引入洸河，洸河在济宁通过会源闸流入运河。可是南旺的地势比济宁高，洸河汇入运河后，难以北流至南旺运河，导致运河水源不足。

对于运河水道，尤其是元代济州河和会通河古运道，宋礼数次亲临观测，他发现这一段河道存在南水有余而北水常不足的问题。南北水量的巨大差距引他深思，白日里他屡次走访，夜间他秉烛长思，终于发现了问题的关键——黄河数次决口泛滥，在自西向东奔流的过程中，黄河裹挟的淤泥不断沉积，对岸的水流也在不断冲刷河岸，这就导致济宁两侧北高南低。当他在黄河边四处访问的时候，遇到了民间水利专家白英，两人一见如故，并在治水策略上达成了共识。他听取了白英的建议，筑坝拦住大汶河和大清河，以此来抬高水位，右侧引入大汶河、小汶河的水，保障运河水源充足，这也使得河水一分为二，三分向南，七分向北。于是，运河水"七分朝天子，三分下江南"，南北畅通无阻。

永乐十年（1412），宋礼回京后，向明成祖进言道："海运的船只在途中经历重重艰险，每年海船都有损坏，有的海船在运输过程中沉没。官府修补海船，迫于期限要求，大量摊派，百姓饱受其苦。一艘海船用一百个人运输一千石粮食的费用支出，可通过大运河运输四千石粮食，且总共只需要二十条河船，每条船只需十个人，这样一比较，利弊十分明显。"此时京杭运河已成为漕运的主要通道。永乐十三年（1415），明成祖下旨停止海运，京杭大运河成为南粮北运的唯一通道。

不久后，平江伯陈瑄治理淮河等长江支流的工程竣工了，通过京杭大运河运输的粮食也越来越多。

3. 王永和治河修沙湾

正统十三年（1448）秋，黄河在新乡八柳树口再次决堤，河水汹涌泛滥，席卷了整个堤岸，淹没、冲毁了大量农田、农舍，流遍了曹、濮等地，直抵东昌，冲击张秋，一举冲溃了寿张沙湾，严重破坏了漕运河道。黄河的决堤使得作为整个大运河咽喉的徐州洪和吕梁洪水浅而难以流通，漕运不畅。面对这一严峻形势，朝廷立即命时任工部侍郎的王永和到山东解决黄河决堤带来的一系列问题。

王永和，字用节，昆山人，明永乐十二年（1414）中举人，正统八年（1443），他被任命为工部右侍郎。他曾受命前往淮南诸郡巡视旱灾和蝗灾，亲自深入民间寻访探求人民关注和担忧的问题，并切实解决。后来黄河在山东、河南等地决口，转而向北注入漕河，王永和受命治理黄河，采取了疏浚泄洪的方针策略，给无数民众的生产生活带来了便利。

王永和到了山东之后，做的第一件事就是修复被黄河冲溃的沙湾。他先后征集了数万名百姓重建沙湾，但是工程未进行多久便到了数九寒冬，恶劣的天气导致施工停止，修复沙湾的工作也被一再搁置。

此后不久，黄河在聊城又一次决堤。吸取上一次失败的经验，王永和认识到仅仅是堵塞或疏浚终不是长久之计，于是他潜心研究黄河的水文状况，开拓新的治理方案。同年三月，王永和将黑洋山西湾疏通，将这里的水通过太黄寺与运河相连，这就解决了黄河决堤时运河水量不足导致漕运受阻的问题。对于被冲毁的沙堤，这一次王永和并没有将它完全堵塞恢复原貌，而是只修筑了一半，在沙堤的另一半设置了分水闸，留三处空位作为汛期水量大时的第二个通道，然后经过大清河入海。

除此之外，他又在沙湾西岸设分水闸，留出两处空隙，用来泄通上流河水。从此之后，黄河汛期的河水仍然奔腾而来，气势磅礴，但即便是有铺天盖地之势，也不再频繁决堤，而是通过分水闸分流进入大清河。此后，黄河下游山东地区呈现出了和平安宁、欣欣向荣之景。

4. 洪英、王暹协力治河

景泰二年(1451)，原本流入运河的黄河水多流入了大清河，使得运河日渐枯竭，最简便且成本低的河运受阻。因此，皇帝特令当时在山东、河南地区任职的洪英、王暹协力治理黄河。

洪英，字实夫，福建怀安县（今福建仓山）人，永乐十三年（1415）进士。正统十四年（1449），他升任都察院左副都御史、山东巡抚，在山东监督役夫修筑临清城，重建运河堤。王暹，字景旸，号慎庵，浙江山阴人，进士出身。永乐十六年（1418），他考上进士，被任命为翰林院庶吉士，授监察御史，官至右副都御史。

在初步了解了历年官员的治水经过及结果后，王暹深知治水不易，于是结合前代官员的治水经验，客观分析了黄河决堤河段的地势、决堤原因。他在明确了前代官员治水的缺憾弊端及黄河自身容易决堤的地势特征后，找到了黄河治理的重点地区。由于黄河从陕州向西的河段有山峡，即使春夏升温之时冰雪融化带来黄河汛期，大量增加的水量和急剧上涨的水位也并不会对此地产生危害；而从陕州向东的河段，因为地势低平和缓，河水水量一旦增多就极易泛溢，给当地造成极大的灾难。因此他得出结论：此次治理的重点是陕州以东地区。

对于如何治理，王暹也有自己的新发现。从洪武二十四年以来，虽然黄河主流变道汴梁、凤阳后又恢复了故道，却始终有一条支流流向徐州，可以成为漕运通道。但是，流向徐州的支流时常堵塞，导致徐州以南的地区总是水源短缺。在恢复漕运这一目的的推动下，王暹将主要精力放在了黑羊山东南到徐州段，亲自到河南当地监督河南三司疏浚，而把临清以南的地方交给洪英整治。

首次担任治水工作的洪英最初也是一筹莫展，对黄河现状及治河方法的陌生是他面临的最大难题。从未接触过且极具挑战性的工作不仅没有吓倒他，反而让他斗志昂扬。"把往年有关黄河的卷宗全都给我找出来，我要全部翻阅一遍！"接下来的一个月里，白天他奔波在治河现场，一遍遍地远眺黄河的河道，观察黄河流向和流速，并从沿岸民众和治河工人的口中加深对黄河现状及过往的了解；晚上他就挑灯查阅黄河历年卷宗，一摞摞案卷如小山般堆积在书案上，每个夜晚埋头苦读的身影，一盏盏不灭的油灯，最终绘成了他脑海里治河的宏伟蓝图。在实地了解了黄河现状，并从卷宗中了解到黄河历年改道或是漫溢的情况后，他用最短的时间制定出了最佳的治河策略：先挖通从山东向此的小黄河河段，保证流向南方的水源不断；然后集中精力解决黄河积年已久的拥堵漫溢问题，率领数万民众将经年沉积的黄河泥沙挖开，恢复原本畅通的黄河水道；再用挖出的泥沙填补漫溢处的黄河河堤。这样一举两得，既能解决堵塞问题，又能修补河岸。但是由于堵塞和漫溢并不在同一处，工程量较大，耗费了很长一段时间才完工。

王暹和洪英的首次治水实践大大降低了洪水灾害的影响。但是，他们的策略仍然与前代的"遇堵则浚"的短时治理办法没有太大差距，因此他们并未逃出大多数治水官员所经历的失败的命运。他们的治水实践也没有大的收获或成就，因此遭到了张文质的弹劾。张文质认为他们治水失败理应受到惩处，应派遣其他官员接替治河任务。但皇帝并未依言而行，仍然命王暹、洪英负责调度黄河事务。

5. 徐有贞治理沙河水患

明正统十三年（1448），黄河在新乡八柳树决口，洪水直冲张秋镇（今山东阳谷），黄河又一次改道。沙湾（今河南台前）一带运河河道被毁，南北漕运的大动脉几乎被切断，不仅导致百姓衣食无着、流离失所，甚至为求生计转而为盗为贼，也严重影响了漕运交通。朝廷派工部尚书石璞、工部侍郎王永和、监察御史陈全、山东左参政王暐、按察司佥事王琬等治理黄河。但是他们的做法多是头痛医头、脚痛医脚，缺乏对黄河治理的整体规划和长远考量，故经常出现决口被堵塞后很快再次决口的现象。在千钧一发之际，徐有贞临危受命，担负起治理黄河的重任。

徐有贞（1407—1472），初名珵，字元玉，又字元武，晚年号天全翁。他在明宣德八年考中进士，任职翰林院，后因参与夺门之变升任内阁首辅，是明朝中期的重要大臣之一。徐有贞在担任佥都御史期间，受同僚举荐到山东治理黄河水患，并因此升任副都御史。

景泰四年（1453）冬，景泰帝以沙湾决口久治无功要求百官荐举可治水的人才，于是徐有贞受命治水。《明史》中载，徐有贞"凡天官地理、兵法水利、阴阳方术之书，无不谙究"。

景泰四年十月，明代宗朱祁钰任命徐有贞为都察院佥都御史，治理沙湾河道。徐有贞到任后，并没有像过去的治水官员一样急于堵塞决口或者疏通河道，他乘坐轻舟顺着河流一路追溯源头，认真考察了黄河沿岸的水文状况和支流的流域，提出了"凡平水土，其要在乎天时、地利、人事而已""且夫水之为性，可顺焉以导，不可逆焉以堙"，意即治水应该顺应自然及黄河原本的水性，因势利导，而不能"见决即堵，见塞即浚"。他还创造性地提出了修建水门、开辟分水支河、疏浚运河水道的"治河三策"，写下了《言沙湾治河三策疏》上奏朝廷。

"治河三策"的第一项是开辟分水支河，意味着要在黄河堤防上开口分水。而黄河决口给社会和百姓带来的灾难让朝廷上下充斥着反对之声。为了打消景泰帝的疑虑，徐有贞做了一个实验，这个实验领先于法国力学家彭赛列、美国流体力学家史密斯的实验近四百年，这就是水箱放水实验。面对官员们的不解，徐有贞微微一笑，他让人取来两个水桶。一个水桶开了一个大口，另一个水桶开了五个小口。五个小口的大小，加起来与大口相同。在众人的注视下，徐有贞命令两个水桶同时开始放水。结果开大口的水桶的水还未放完一半，开小口的水桶已经见底，从而打消了皇帝的疑虑。

得到景泰帝的首肯后，徐有贞征发数万民夫，采用分洪放水法，疏、塞、浚并举，引黄入河。工部尚书江渊建议派五万京军前去支援，以期尽早完工。但徐有贞断然拒绝了这一提议，他说："如果派驻军前往，需要耗费更多的钱粮，现在决口已经被堵住了，只用现有的民夫就足够了。而且心急吃不了热豆腐，即使派了军队，也无法在短时期内完工，要想长久地解决水患，必须给我更多的时间。"治河心切的徐有贞在任上日夜操劳，与民众一同劳作。而且他到任时黄河河水暴涨，想要修复河防简直比登天还难。徐有贞做出了一个让所有人都震惊的决定：与数万河工订立归期，到期后全部遣回，让他们回家从事农业生产，等到农忙期结束后再归来治河。所有人都认为这是一个荒谬的决定，民工们一旦归家从事农业，便不愿回来服役。然而归期到时，几乎所有的民工都如约而至，他们从四面八方而来，追随徐有贞致力于河防建设。徐有贞亲自率众进行工程建设，耗用巨量竹木、石材、铁器，一干就是五百五十多天，从张秋金堤到濮阳泺，再到博陵陂、寿张等地，开凿了沟渠即广济渠，修建了水闸即通源闸，从东到西一共疏浚了近百里的河道，修筑了九座坚固的石堰来抵御洪水的冲击，修建了八座水闸来宣泄洪水。景泰六年（1455）七月，治河工程就此竣工。从此，山东河患得以平息，漕运得以恢复，山东境内一百多万顷田地也得到了灌溉。

工程竣工后，徐有贞在当地主持修建了大河神祠，并亲自撰文书丹(用朱砂在碑石上写字，以便镌刻)，在祠内奉立"敕修河道功完之碑"，记载了这次治理黄河与运河的全过程。景泰七年（1456）山东再次发生洪灾，河堤多数被毁，唯有徐有贞负责修筑的河堤依然完好。明孝宗弘治二年（1489），黄河爆发了百年未遇的洪水，兵部尚书白昂翻出徐有贞张秋治水的有关资料，使用徐有贞创造的方法，不但快速治理好

75

了水患，而且使得黄河这一河段在此后的近八十年间没有再发生大的水患。

6. 刘大夏治理张秋决口

弘治六年（1493）春，黄河在张秋戴家庙堤防决口，导致漕河与汶水合二为一向北流淌，漕运也因此中断。明代在永乐年间浚通运河后，运河成为南粮北运的主要通道，但黄河水患时刻威胁着明朝南北运输的生命线。在此情况下，朝廷先派陈政治理张秋的黄河水患。陈政受命后立即前往当地调查河患现状，调集并监督数十万民工治理黄河。他请求疏通被淤泥堵塞的黄河故道，堵塞黄河决口处。得到朝廷首肯的陈政照此策略多次修整河道，但是不久就在任上去世。在此情况下，运河上漕舟鳞集，至张秋无法北上，粮道中断。皇帝下诏博选才臣前往治理。吏部尚书王恕等人推荐刘大夏前去治水，刘大夏被提拔为右副都御史，前往治水。

刘大夏（1436—1516），幼名瑞昌保，字时雍，号东山，华容（今属湖南）人，天顺八年（1464）进士，明朝中期名臣、诗人。弘治六年（1493）春，刘大夏受命治理黄河，在任上尽心尽职，鞠躬尽瘁，得到了百姓和地方官吏的一致好评，赢得了极高的声望。

刘大夏虽然不通于河工水利，却具有极强的办事能力。在馆试后本应留翰林院授官，他却主动请求出任官吏，被授任兵部职方清吏司的主事。不求高官与清闲的刘大夏成为官员中的一股清流，但是也正因他为官正直，不避权贵，在明宪宗统治时期未得倚重。弘治初年，正直之人在朝中逐渐站稳脚跟成为主流，他累迁浙江左布政使，名声逐渐传播开来，所以被选为治河官员。

任职后，刘大夏没有独断专行，而是秉承着不懂就问的原则，虚心拜访请教当地官员，仔细听取水利专家的建议，以恢复漕运作为治水的第一要务。他先在黄河决口处的西岸开挖出一条水渠来保证通漕，再集中精力一步步治理黄河。他从小细节出发，先解决表面问题，再追溯其根本，上游为因下游为果，因此治理时先治张秋。弘治七年（149年）五月，太监李兴、平江伯陈锐前往，与刘大夏共同治理张秋水患。十二月，张秋决口的堵塞工程宣告完工。

张秋治河结束之后，刘大夏上奏说："张秋镇的决口已经堵塞……但是必须修筑黄陵冈河口，引导黄河在保障黄河下游北流的同时又分水南下，这才是漕运通道长久维持的办法。"朝廷上下一致同意。刘大夏用两年的时间不仅修成了黄陵冈等七处河口，还在从昨城经东明、长垣到徐州的地方，筑起了长达三百六十里的河堤，基本上抑制住了黄河水患。此后二十多年的时间里，漕河上下没有再发生水患灾害。水灾得到根治，张秋镇改名为"安平镇"。因为黄陵冈河口的建成，皇帝特地下令建造了黄河神祠。同年秋天，皇帝召刘大夏回到京城，赐玺书褒奖他，升他为左副都御史，并任户部左侍郎。

此后的一段时间内，黄河没有再越出河道肆意而行，而是顺着河道流淌，一定程度上解决了积年已久的黄河水患问题。

7. 潘季驯"束水攻沙"

嘉靖四十四年（1565）七月，黄河在沛县决口，滔滔河水一泻千里，大运河也被淤泥堵塞数百里。在这千钧一发之际，朝廷任命潘季驯为总理河道，协助工部尚书朱衡治理黄河。

潘季驯（1521—1595），初字子良，又字惟良，后改字时良，号印川，出生于湖州府乌程县。他是明朝中期的重要官员和水利学家，曾任都察院右副都御史、太子太保、工部尚书等职。他四次总理河道，先后治河近十年，也是"束水攻沙"治河之策的实践者之一。

首次接触黄河工程的潘季驯对黄河水性与河道概况一无所知，因此他不辞辛劳，沿着黄河河道一路查勘，观测黄河水文与河渠状况。初次接受任命而意气风发的潘季驯，立志要驯服这奔腾的黄河，守护黎民百姓的家园，恢复漕运，保卫朝廷的生命线。

潘季驯在勘测过程中发现，以往的分水治河加剧了泥沙淤积，从而导致灾情加重。因此他认为治河的关键在于治沙，必须修复长堤，回归故道，聚集水量，排沙冲淤。他坚决反对分流、改道的做法，转而提出"开导上源，疏浚下流"的治河方案，以期实现束水归槽。在征得朝廷的首肯后，潘季驯和朱衡率领数万劳工投入施工，修筑大堤，建造石堤，河道被毁便开辟新河道，旧河道淤积便清理河道。

潘季驯前后四次治河，最引人注目的是万历六年（1578）的第三次治河。也是在这一次，他认识到了"黄流最浊，以斗计之，沙居其六"的特点，改变了前期的分流措施，转而以束水攻沙的理论来指导治河，并对黄河、淮河、运河三河提出了综合治理的原则——"通漕于河，则治河即以治漕；合河于淮，则治淮即以治河；会河、淮而同入于海，则治河、淮即以治海"。在首辅张居正的大力支持下，他亲率幕僚奔赴治河一线考察沿岸地形、河势，踏遍了黄淮十余个州县，摸清了黄河、淮河及大运河的运行规律后，对其进行了大规模的治理，将束水攻沙付诸实践。

前两次的治水经历让潘季驯深谙众议与诽谤对治河工程的严重影响，于是他从神宗皇帝处求得治水大权，并立下军令状，以三年为期治理黄河，若不奏效甘受军法。大权在握的潘季驯心无旁骛，率领民工在黄河两岸筑起了又宽又阔的防洪大堤，两岸大堤遥遥相对；又用较窄的缕堤把河水束成一股急流，让那湍急的河水裹挟着泥沙奔腾向前，不断刷新河床。河床的容水能力不断提高，黄河分流的局面宣告结束，并最终归于一槽。

经过潘季驯的先后几次治理，这段河道在以后的数十年间都没有再发生水患，河水各安其道，顺势而行。常居敬曾在《钦奉敕谕查理黄河疏》中说："数年以来，束水归槽，河身渐深，水不盈坝，堤不被冲，此正河道之利矣。"他所筑的三座长堤，使得黄河在此段的河道趋于稳定，改变了嘉靖、隆庆年间黄河"忽东忽西，靡有定向"的状况。潘季驯对黄河的治理保护了黄河安澜，也给沿黄民众安居乐业提供了进一步的保障，给后世治水的名臣能吏提供了宝贵的方法和经验，也使潘季驯这个名字成为后世不得不提的治水名臣的名字，留下了美名佳话。

8. 曹时聘大疏河道

万历三十二年（1604）秋，黄河决口，河水如同过江的猛龙一般越出河道，导致河水漫溢地区的人民苦不聊生。然而祸不单行，与此同时，单县的河堤也再次被河水冲垮，肆意流淌的河水淹没了平地，庄稼、牲畜无一幸免于难。同年，朝廷命曹时聘为工部侍郎，负责总理河道。

曹时聘（1548—1609），河北获鹿县人，明隆庆四年（1570）举人，隆庆五年（1571）又中进士，官拜都察院右佥都御史。万历二十九年（1601），他任应天巡抚时，反对宦官增税。当地百姓感念他的恩德，为他建生祠于茅山（江苏金坛县西，今称"大茅山"），四时祭祀供奉。

面对如此严重的水患，首次负责治理黄河的曹时聘刚到山东就马不停蹄地深入灾区察看，仔细分析黄河水患给灾区环境及百姓生活造成的影响。在多次往返观察灾情现状及地势情况后，他回到寓所，同沿河的各州县官员商议并制定了治理方案。

万历三十三年（1605）十一月，曹时聘带领工人从朱旺口至小浮桥开挖了长达一百七十里的浅水新河，沿途经过了河南、山东、江苏等地的一百多个州县。曹时聘"以治河比治兵"，按照军事作战的原则制定了施工纪律和质量标准。他与民工同吃同住，甚至同民工一起挖河、筑堤，坚守在施工第一线，时刻保持着对最新情况的了解。他也时常体恤劳作的民工，从不强迫他们延长劳动，避免他们出现疾病或伤残。第二年春，新河的四大工段陆续完成，五十余万民工无一伤亡。在工程验收时，曹时聘逐段"核丈所挑之渠、垒土之堤、两岸空隙之处"，连一点点细微的地方都不放过，不允许工程出现任何纰漏。待到开闸放水之日，曹时聘再次来到朱旺。此时黄河从上游径直往新河口流淌，自西向东蓄力奔腾，在新修筑的河道上肆意而行，同在原本的旧道上没有什么区别。目睹这一景观之后，他激动得流出眼泪，连声喊道："成了！成了！"他治理好黄河的愿望终于实现了。

在治黄期间，曹时聘因丁母忧不得不离开治河工地，但是在皇帝询问治河工程的相关事宜时，他依然"疏对凿凿"，表明他虽身在家中却心系黄河工程，时刻关注着工程进度。工程即将完工的时候，他把全家老小召集到工地上，以此来表明全家与新河共存亡的决心。最终一切如他所愿，他顺利完成了新河工程，他的治河方略成为历史上的治河典范！

（四）清代治河实践

1. 靳辅治河多策并举

康熙十五年（1676），是黄河很不安分的一年。这一年，黄河发生了严重的洪水灾害，与以往不同的是，淮河也发生了洪水灾害。黄、淮水淹没了淮、扬等七个州县，运道中断，京都有断粮之虞。在黄河水大泛滥的时期，靳辅于康熙十六年（1677）在安徽巡抚任上被提升为河道总督。

靳辅是一位一生致力于护黄河安澜、还百姓平安的能臣。靳辅曾两次总督黄河，被康熙皇帝赞誉为"军民感颂靳辅治绩者，众口如一，久而不衰"。他还将自己的治河经验著成《治河方略》一书，成为后世治河的重要参考文献。靳辅自幼知书识礼，九岁丧母，十三岁随父入关。康熙元年（1662），靳辅任兵部职方司郎中，因政绩突出，在其三十八岁那年出任安徽巡抚。

河道总督这一职务"任重而道远"，前任河道总督就因治河无功被革职。清朝上下深知黄河水患严峻，可谓"闻者惊心，见者胆落"，对河督之任也"无不以畏途视之"。而且靳辅所管辖的安徽正是黄、淮水害的重灾区，深受河患之苦，担任此地的河道总督是一件不容易的事情。

靳辅自上任伊始即考察河干，访问贤士。到任之后，靳辅着手做的第一件事就是对黄河河道进行实地勘察，了解水情。他和随从人员一起沿着着泥泞的河岸观察河水形势。两岸决口，运道尽毁，百姓无家可归……每一幕都让人触目惊心。靳辅满心忧虑，喟然长叹道："河道破坏大半！"勘察完毕回到总督府衙门后，靳辅反思形成黄河混乱现状的原因，反复斟酌。他对治河之急切溢于言表，一日之内连上八疏，十万火急地提出了自己的治河总方针和具体计划，是为《经理河工八疏》。他提出：修建高家堰大坝，提高洪泽湖的水位；对现存黄河河段的姚堤和缕堤进行加固；疏通运河；开白洋清河以东引水河；开通清渠，将淮水引入黄河下游等。仅仅半年时间，康熙就看到了靳辅与历任河道总督的不同。

靳辅不仅提供了详尽细致的现场勘测报告，还有理有据地完成了水情水势分析，并设计了周密可靠的治河路线图，这些无一不符合康熙皇帝的心意。当康熙皇帝看到靳辅以三年为限，使"黄淮归海，漕运畅通"的军令状时，十分感动，随即批准了其治河计划。对于治河所需的钱粮，也随要随批，并下旨："治河大事，当动正项钱粮。"

靳辅治理黄河实际上沿袭了潘季驯的治河思想。靳辅的治河方略可归纳为五点：修堤筑坝、堵塞决口、坚筑河堤、闸坝分洪和疏浚运道。

靳辅和他所带领的团队在各个减水坝上都设有调节闸门。这样既能保证发洪水期间的防洪安全，又能在淮消而黄涨的情况下，将各个闸门的水流排出，排入洪泽湖，再从清口流入黄河。

下游疏通以后，上游的减水坝也已经完工，靳辅的治理重点是堵住决口。靳辅根据现实情况实时考察，因地制宜，治理思路是把缺口堵住。在堵住决口的过程中，他还根据实际情况"或挑引河，或筑拦水坝，或中流筑越坝，审势置宜，而大者小者，当亦无有不受治者矣"。具体做法是：在堤外近湖之处挑土修筑坦坡，每堤高一尺，应筑坦坡五尺，若高一丈，则坦坡应宽五丈，有旧存桩木则埋于土内，作为堤骨，一律夯实，以期坚固。若遇堤根被水侵占，还需先于离堤一丈之处密下排桩，用板揽以蒲包包土填出水面，然后用芦柴捆成小埽镶边，内加散土，用力夯杵，筑成坦坡。如此，待淮水下注则堤外之水自即退去，水退之后再行挑土帮修。

靳辅在黄、淮两岸修筑了长达千里的堤坝。其堤防长度、堤防规模和治理效益均比潘季驯时期有了很大的提高。而且，他新建云梯关至海口的束水堤七十二里，使得出关散涣之水都被逼束其中。鉴于黄河"上流河身宽，下流河身窄"，靳辅沿用潘季驯减水坝的办法，在砀山以下至睢宁间的狭窄河段因地制宜，在两岸有计划地增建许多减水坝，以备分洪之用。如果黄河、淮河水位同时上涨，即开泄黄河北岸的减水坝；如果黄河涨淮河落，则南北堤坝并开，使黄河水从南坝流出，汇入洪泽湖，再由清口入于正河，防止黄河泛滥。

为进一步解决漕运问题，从康熙二十五年（1686）起，靳辅在张家庄运口经骆马湖，沿黄河北岸，于遥、娄二堤之间开渠，历宿迁、桃源，至清河仲家庄出口，名曰"中河"。漕船可由清口直渡北岸，过仲家庄闸至张庄运口，从而避开黄河漕运一百八十里之险，便利了漕船的往来。自此，黄河用于泄洪，运河用于漕运，兼泄沂、泗洪水，结束了"黄运合一"的历史。靳辅治河使黄河下游地区避免了几十年的水患。

2. 顾琮引水越黄入运

乾隆十年（1745），黄河再次泛滥，危及百姓。谁来承担治理黄河的重任成为一大难题，因为身处这一职位不仅要统揽全局，更要时时刻刻实地勘探，朝野上下都深知承担治河重任的困难性和重要性。对于这样一个重要的职位，清政府调换过许多人，因为历任河道总督的工作实践和治理措施始终不能令清政府满意。就在朝廷上下为选择何人担任此项重要任务发愁时，乾隆皇帝想到了治理永定河效果极佳的顾琮，于是立刻任命顾琮为直隶总督，与李卫共同治理河患，同时又派遣鄂尔泰亲往详勘形势，协商制定合理的治河方案。

顾琮，字用方，吉林（今吉林长春）人。他一生公正严谨，兢兢业业。乾隆元年（1736），顾琮署江苏巡抚，协办吏部尚书事，因做事勤劳严谨，后转为河道总督。

在接到任务后，顾琮立刻投身于治理黄河水患，未曾停歇。他在领命的那一刻起，便开始勘察，反思黄河现状。黄河的水患问题非一时所起，沉淀了几百年的泥沙和汹涌澎湃的黄河水冲击着顾琮的心。他几日几夜埋头思索，实地考察。与顾琮一同前往治理黄河的官员也曾感叹敬佩顾琮的努力，几乎未曾见到顾琮大人安稳地睡一天觉，烛灯亮至深夜，天未亮他便早早地起身下河勘探。

在经过几天的实地考察和思量以后，顾琮想到了一个绝佳方案。他请求朝廷"于马庄集、曹家店各建石闸，束上游之水，并将骆马湖入运处改在阜河以上轮车头，建闸挑渠引水济运"。此外，十字河开放以后，"黄水湍激，横截运河，粮艘提溜为难"。针对此种情形，顾琮认为当在"竹溪坝下束黄坝迤东接堤堵截，别于苏家闸南浚河越黄入运"。此法迅速得到朝廷的响应，朝廷积极配合治理河患。

引水越黄入运的措施可谓在千钧一发之际拯救了百姓。不仅河水不再泛滥，泥沙也停淤了，溜势外趋。顾琮的治理不仅使黄河暂时变得安稳，也为以后的黄河治理积累了经验。

3. 白钟山分泄防洪

明清以来，黄河长期泛滥，其所携带的泥沙大量沉积，导致黄河下游水段河床淤积。清朝，黄河河患更加严重，黄河下游屡次决口，重灾区日益增加。有文献记载：清朝时期"无一岁不治河"。乾隆时期，黄河河患更是几乎无一年断绝，治理黄河已然势不容缓。在形势如此严峻的情况下，白钟山的出现让河患问题的解决变得豁然开朗。

白钟山，字毓秀，历仕康雍乾三朝，是治理河道的重要能臣。

他于康熙中后期以户部笔帖式一职步入仕途，乾隆年间历任河东河道总督、山东巡抚等职。

在如此严峻的形势下，白钟山多次亲赴实地查勘岁修、抢修及各类河工事宜，白钟山借鉴前人治理黄河的方法，不断探索最佳解决方案。为了应对黄河在中下游地区的泛滥和泥沙淤积，白钟山沿用"筑堤束水，以水攻沙"的传统方法，在黄河沿岸修建了一条拦黄堤坝，如山东曹县的堤工等。除此之外，白钟山还继承了前代"借水攻沙，以水治水"的方法，并在治水的过程中不断地开凿引水渠，疏浚河道，修筑堤工。

山东曹县处于"黄河曲折兜湾之处"，此地最为险要，因此河患问题也最为严重。针对此种情况，白钟山反复思量，认为"逢湾取直，开挑引河，则河流畅顺，而工程稳固"。雍正十三年（1735），白钟山于山东单县附近修建了一条长达五百八十余丈的引河，自西向东横贯整个刘家庄。该引河不仅惠及东、西刘家庄，魏家庄等黄河沿岸村庄也因此分引了黄河泛滥之水，可谓是解决了一大难题。

然而，就在"逢湾取直"后的短短几年时间里，黄河再一次泛滥。乾隆四年（1739）五月，天雨连绵，山东曹县赵家集西黄河水冲决临河大堤，百姓流离失所，整个赵家集一片荒芜。听到此消息的那一刻，万千忧愁如汹涌的黄河水涌上白钟山的心头。描述灾情的文字，如几万斤巨石压在了白钟山的肩上。苦苦等待救援的百姓时刻牵动着白钟山的心，白钟山立刻启程，快马加鞭地前往灾情现场，这一路上，他几乎没有一刻不在思索解决方案。赶到现场后，他立刻临工勘验，说道："此次的修整工程必须严格落实到每个环节，绝不能有一丝松懈！"迅速调集河工、料物，修堤建坝，堵塞决口，于五月二十六日兴工。从开工之日起，白钟山便每天第一个到达现场进行勘探，深夜检查完所有的施工项目，最后一个回到住所休息。在白钟山的带领下，不到半年的时间便完成了全部工程，于次年六月二十八日完工。

更为难得的是，白钟山治理黄河的目的不仅仅是使黄河不再泛滥，更重要的是他将治黄与民生紧紧地联系在了一起。这主要体现在他对修建河道的兵夫的关心和对平民百姓的救助上。在河营兵夫的生活方面，白钟山奏请修建了堡垒和粮仓，而且他还将部分的河银生息银用于河营兵夫的生活中。除此之外，白钟山与商人合作，将生息银委托商人运营，这样就保证了河营士兵的军饷能够按时发放。在救灾方面，他多次参与赈灾事宜。如乾隆二年（1737），他在《谨筹东省被灾州县应办事宜》中条陈数项：其一，缓征"被水州县应征黑豆"；其二，严禁当地囤积粮食；其三，疏通民用制钱，从而保障山东受灾州县民众的生计。同时，白钟山还奏请修建了黄河堤工，"以固河防，以济灾民"，并嘱咐官员要雇佣民工。官府出资，民工出力，这样就激发了民工修建的热情和积极性，使得最终建成的河堤坚固耐用。而且"贫民赴工，力作不致有乏食之虞"。

白钟山继承了前人的治河思想，注重实地勘探，对黄河等河道进行了合宜的治理。白钟山的治河实践屡受乾隆皇帝的称赞。乾隆二十一年（1757），乾隆皇帝赐诗，诗云："治河以卫民，表里本相因。况萃一身钜，其釐万姓辛。宁当营供奉，匪为事游巡。立位官须业，名言昔可循。"白钟山的治理不但维持了河道的安稳顺畅，而且保障了国计民生。

4. 阿尔泰挑浚老黄河

阿尔泰是清朝乾隆时期的重要官员、将领。乾隆二十二年（1756），他升任山东巡抚。阿尔泰在山东为官期间，治理水利政绩斐然。他在任职期间对水利、城工极为重视，通过开挑支河、修筑河堤、疏浚河道等方式，减轻了汛期洪水对州县的破坏，同时利用分流水势进行灌溉，开垦出了大片耕地，颇有建树。

在阿尔泰任职期间，山东屡发大水。沿岸百姓长期遭受黄河泛滥之苦，这让身为山东巡抚的阿尔泰愁苦万分。黄河泛滥是历代难题，尤其是在清朝，河患问题更为突出。在阿尔泰之前，前往山东治理水患的官员不胜枚举，他们的治河方案也常常千篇一律，如何才能根治黄河水患这一问题一直萦绕在阿尔泰的脑海中。

阿尔泰带领随从官员前后多次勘察地形、仔细考量，最终敲定了治理黄河的方案。他身边的随从官员时常见到阿尔泰沿黄河踱步思量，黄河的一声声咆哮仿佛在呼唤着阿尔泰和他的治河团队。淹没的村庄、饥饿的灾民、损坏的河道，这些都不容阿尔泰继续犹豫了。

经过几夜的思量，阿尔泰最终想到了一个绝妙的办法——挑浚老黄河。他认为"东省水利，以济运为关键，以入海为归宿"。挑浚部分河流，经过疏浚的河流"节节疏通，畅流无滞"，取得了很好的成效。

阿尔泰审时度势，根据不同的地理位置特点疏浚河流。阿尔泰在兖州和沂州疏通了三十九条灌溉渠道，顺通了曹州和单县两百多公里的河堤，还动员南旺和蜀山湖的居民，修建了一条堤坝。为了保卫济宁州城，阿尔泰还修建了一条通往马场湖的堤坝，将白马湖的湖水分出，引入独山湖来疏通泗水。

济东的部分城郡毗邻徒骇、马颊两条河，阿尔泰先后打通了哨马营和四女寺的几条支流，又将卫河自德州至馆陶三百余公里的河道打通。将寿张沙、赵二河的积水引向大运河，并将东平的积水引向会泉、大清诸河，将济南和东昌诸州的积水也全部引出。除此之外，阿尔泰还开辟了三十多条支流，他沿着官道挖掘水道，将其从开凿的河道引入支河，再从支河流入徒骇、大清诸河。这些措施使得漳水、汶水合流。同时，他还开凿引水，修建堤坝，以防洪水泛滥。经过阿尔泰的多方治理，山东的水患多有减轻，河道疏通畅流，局面变得稳定。阿尔泰的治理方案也为其他地方河道的治理积累了经验。

5. 崔应阶开支河泄洪

崔应阶（1699—1780），字吉升，号拙圃，别号研露老人、研露楼主人。崔应阶因其父崔相国的功德，被推选为荫生。康熙五十九年（1720），被授予顺天府通判，后迁任西路同知。乾隆二十八年（1763）六月，擢升山东巡抚。崔应阶一生宦游四方，足迹逾闽海，历吴越，涉齐鲁，周览边徼，他在治水、治安等方面更是卓有功绩。

崔应阶调任山东巡抚时，正值山东水患严重。他实地勘探，仔细考量。他所到之处，无不令人触目惊心。水患淹没了周边庄稼，百姓的生活因水患苦不堪言，农民食不果腹，流民比比皆是……这一幕幕悲惨的景象让身为山东巡抚的崔应阶无比心痛，如何帮助老百姓渡过难关、解决水患成了一大难题。

崔应阶多次疏请浚荆山桥旧河以泄积水。乾隆二十九年（1764），崔应阶上疏道："武城运河东岸牛蹄窝、祝官屯，西岸蔡河陂水汇注，俱为堤隔，浸灌民田，请各建闸启闭。"崔应阶的奏请迅速得到朝廷的响应，崔应阶调集人力、物料建闸分洪。建闸工程取得了成效，民田不再被洪水淹没，百姓的生活回归了正常。

然而，在这之后不到三年的时间里，水患再次发生。武定滨海的水患频繁发生，河流迂回曲折，多有急险之处，这就导致河流归海迟延，再加上河流下游淤塞停滞，每逢雨时便会淹没农田。整条河流可谓是问题频出，水患问题必须立刻解决！

崔应阶带领属下不断地进行实地考察。他站在黄河决口的堤岸附近皱起了眉头，白发同掌心的纹路一同生长，日日夜夜的思索和实地勘探使得正值壮年的崔应阶长满了银发。终于，经过反复的研究和探讨，崔应阶找到了问题根源。

据文献记载，崔应阶曾上疏道："武定滨海，屡有水患：一在徒骇尾闾不畅，一在钩盘淤塞未开。"徒骇河发源于山东省西部，向东北注入渤海，位于黄河北岸。其上游宽百余丈，但沾化入海处却仅仅宽十余丈，整条河流迂回曲折，归海迟延。此外，"徒骇旧有漫口，径二十五里，宽至四五十丈"，因此河水一旦上涨，势必泛滥。鉴于此，崔应阶与属下反复探讨如何才能够疏通河道，使得河流归顺、百姓安定。

经过反复的沉淀思索，崔应阶终于想到了绝佳方案，开挖疏浚一条支河来引水入海，这样河流便不会停蓄，积水就可顺流而下，河流周边的农田也会免受水患之扰。崔应阶说："如果在徒骇开浚河流，河流入海的速度就会加快。众水汇集八方泊，每逢连绵大雨，下游就会阻滞，一旦阻滞势必会淹没民田，八方泊的百姓也会遭殃。湖泊东北是古钩盘河，河道沿岸一百三十余里的农田，被淹没久了就荒废了。如果在钩盘开支河，从而引水入海，那么上游就不会停蓄，积水自然就会顺流而下了。"崔应阶的办法可谓是一举两得，通过开支河将武定、滨海的两大水患问题同时解决，既节省人力、物力，还能够护百姓周全。

方案定好之后立即开工，很快便收到了良好的成效。开支河泄洪可谓是一大良方，在这之后的几年时间里，河流滞留淤积、淹没农田的问题没有再出现。崔应阶的治河思路和经验也被编写进了《治河方略》一书中，为后世治河提供了丰富的经验。

6. 陈鹏年治黄河分水势

清康熙六十年（1721），黄河水患形势严峻，治理黄河刻不容缓。就在这时，治河有道的陈鹏年临危受命。陈鹏年（1663—1723），字北溟，号沧州，湘潭人，清代诗人、学者、书法家。康熙二十三年（1684）举人，康熙三十年（1691）进士，官至河道总督兼摄漕运总督，卒于任上。陈鹏年"胸有定力，不以荣辱毁誉生死动其心，慨然以泽不被于民、道不伸于己为耻"，深受百姓爱戴，有"陈青天"之称。

清康熙六十年，长期的泥沙淤积造成黄河下游山东地区河水泛滥成灾，洪水冲破田地，冲毁房屋河道，山东百姓遭受黄河泛滥之苦。他们期盼着能有人拯救自己，回归家园。陈鹏年了解了此次黄河泛滥的情况以后，立刻随张鹏翮查勘，实地考察使得他们知悉运河、黄河水道情势紧迫，黄河在河南武陟县淤塞严重，大有崩塌之势。陈鹏年针对此次黄河在河南、山东同时泛滥的情况，提出想要同时解决河南、山东的水患问题，需从黄河河南段开始治理，如果河南的黄河水患能够解决，那么山东地区自然安澜。

陈鹏年上奏的关于武陟县的应对方案，为清政府及当地百姓提供了紧急的应对措施。方案中强调了河道治理中的空间分流。据陈鹏年的实地考察，河南武陟县的形势十分危急。"河南武陟县马营堤工为冰凌水漫开……从钉船帮南坝尾冲开处起，至此二十余里，已成大溜。"而且针对此处水流湍急、冻土众多、泥沙沉积等实际情况，陈鹏年在空间上将黄河水进行了分流。"臣等再四思维，惟有分其上流，疏其下流，以稍杀其势，庶几人力可施。应于臣上年所看广武山下淤滩上，于沁、黄交会对岸，借沁水逼黄大溜直驱而南。现成扫湾之处，地名王家沟，查系黄河故道，年久淤塞。今于此处起开挑引河，使水由东南行，会入荥泽旧县前正河，则大溜往南。马营决口，庶可堵塞。"在他看来，此处的水道应当采取疏通的措施，将水道进行分流治理，通过水的分流来减弱水势。

这一举措建立在对当地地理环境进行了深入分析的基础之上，并综合考量了人力和财力，因此贴合实际，具有极强的可行性和实用性。除此之外，这一措施也体现了河道管理的时效性。在洪水比较严重的情况下，陈鹏年根据时间和人力情况进行了合理的调度。陈鹏年指出："臣见山东抚臣李树德奏称曹家单薄，堤工已酌留口门，由盐河宣泄入海。马营口亦现在裹头，暂停合龙。重运漕船，到张秋之期尚远。以臣愚见，俟引河开挖之后，使水势稍杀，然后一齐堵塞，则力不劳而功倍。"很显然，在整个治理过程中分工细化，主次分明，前后衔接。陈鹏年不但给出了最佳的治水方案，而且还坚持慢工出细活，认为这样才能保证河道治理长久有效。"皇上俯念工程浩大，稍宽严限，使得并立一心从容襄事，以图久远之计。"

陈鹏年在黄河漕运、水道治理方面做出了巨大的贡献。他在治理过程中，实行河道分流，较之以前有了很大的改变。康熙皇帝赞誉陈鹏年为"中国第一能臣"。陈鹏年的治河举措不仅稳定了清政府的统治，而且还安定了民心，使百姓生活回归正常。陈鹏年的治河措施也为后世提供了宝贵的经验。

7. 嵇曾筠增修黄河高堰石堤

嵇曾筠（1670—1738），字松友，无锡人，清朝时期的水利专家。康熙四十五年（1706）中进士，入翰林院，选庶吉士，授编修。雍正元年（1723），擢升都察院左金都御史，并署河南巡抚。不久任山东、河南副总河，专督黄河河工。他在任职期间兢兢业业，亲自勘探黄河大堤，发明了多种治理黄河水患的方法。

嵇曾筠治理河患尽职尽责，付出了巨大的心血。河南各县市和山东各县市，几乎都曾出现过嵇曾筠的身影。为了更好地掌握黄河的情况，嵇曾筠亲踏黄河大堤数百里。自河南荥阳到山东曹县再到安徽，都留下了嵇曾筠的足迹。正是嵇曾筠的多次亲临，使得他在实践中创造性地提出了"引河杀险"的治理策略。所谓"引河杀险"，顾名思义，即开渠引水。开渠的重点之处位于黄河河道的急弯之地。通过在黄河过弯的地方挖一条引水渠，将一部分水从直道上引下来，从而减轻黄河对凹岸河床、大堤的冲击，最终达到缓解水势、排除险情的效果。

雍正元年 (1723)，黄河再次决堤，受灾面积达数十里。在极其危急的情况下，具有卓越治河才能的嵇曾筠被选去堵筑河堤。当时正处于黄河与沁水的涨潮期，黄河水漫溢至姚期营、秦家厂、马营口。嵇曾筠亲自乘着小船到上流审视水势。他观察到，黄河水自三门七津建瓴而下，经过孟县、温县，北岸又有沙滩，逼迫着水往南流，到了仓头口又绕过广武山根。这样的地势蜿蜒曲折，形如兜状，抗洪和疏流能力极差。此外，官庄峪又有一处山嘴外伸。秦家厂一带正冲着水流凶险之地，所以历年大水成患。于是，嵇曾筠在仓头口开挑引河，对准官庄峪下游水口，越过山嘴，大流全走中泓，使得秦家厂一带逐渐免于水患。

雍正二年 (1724)，嵇曾筠任副总河。当年开封附近河心出现淤滩，河水从淤滩南边绕行，河道有南迁的危险，对开封黄河大堤造成了威胁。嵇曾筠提出了在淤滩上开挖一条引河以使河水畅流的方案。这一方案经雍正皇帝同意后迅即施工，引河开成后，这一带得以免除水患。

嵇曾筠治河善于因势利导，他发明的"引河杀险"法被多次运用，修筑的高家堰大堤也卓有成效，在治黄历史上占有重要的地位。由于治河功劳巨大，他深得朝廷赏识和器重，雍正皇帝几乎年年给予嘉奖。他虽官职累升，但始终坚持在治河一线，不辞辛劳，为国排忧，为民解难，恭慎廉明，治河成绩尤著，著有《河防奏议》等书。

8. 张曜献身治河

张曜（1832—1891），字朗斋，号亮臣，祖籍浙江绍兴府上虞县，是晚清名臣、将领。光绪十二年（1886），张曜调升为山东巡抚，当时山东河患日深，他上任后首重河工，一年中几乎有三百天待在河上。

张曜任职山东巡抚时，山东已经遭受河患长达数十年，所以山东巡抚"任重而道远"。清朝上下都深知这一职务的不易，更不用说时时刻刻亲临现场的张曜。一幕幕惨痛的景象直击眼帘，成千上万苦苦等待救援的百姓深深刺痛着张曜的心。"黄河不彻底治理，我死不瞑目！"张曜在前往山东之前就许下了誓言。

和任何一位治理黄河水患的官员一样，张曜刚到现场便开始思索治理方案。张曜集思广益，不局限于所带领的官员属下，在治理黄河的过程中有言河务者，即使是平民百姓，张曜也要请来咨询。

张曜对山东地区的黄河情况进行了调查研究，实地考察。山东地区黄河河道狭窄，堤防薄弱，一旦河水上涨，极易造成洪水泛滥。张曜结合当地的地理环境特点，不仅率领人民疏浚河道，增筑堤坝，加固两岸堤防，而且还提出了"疏""分"的治河方针，在齐河赵庄、刘家庙和东阿陶城铺各建了一座减水闸坝，以防异涨。

此外，张曜的治河方法融合了西方的先进思想和技术。当时，西方先进的治河技术已经传入国内，张曜结合西方先进技术寻找着更佳的治河方案。张曜将治理黄河的方法形象地比喻为"中西医结合"，他认为治河既需要"中医"，继承自古以来前人开渠引水、疏浚河道的方法；又需要"西医"，采用西方先进的技术，用机器船来疏浚河道。他说："治河如治病，泛滥冲决，此河之病也，淤滩沙嘴，横亘河流，此又致病之由也。"张曜认为淤滩沙口的切割和挖掘，是治理河流的首要任务。因此他奏疏请用五十只平头圆船，每船配备十余人，每人携带挖掘工具，凡是发现河中有淤滩之处，便下船挑挖，水深则乘船淘爬。除此之外，在河流对岸修筑堤坝，引水入河。他建议利用铺设的小型轨道和铁车来运送土沙。张曜考虑到当时牡蛎口处的河水入海不顺，于是他利用机船从韩家墩开凿，这样就能让它畅通无阻了。光绪十三年（1887），黄河在山东的河段被截断，他抓住这一时机，将山东河段的泥沙抽走，疏通了河床。两年后，黄河回归故道，河道疏通，冰水也得以顺利入海。

每逢黄河决口张曜都会亲临现场，指挥抢修堤防。例如，他曾修筑王家圈、史家坞、王阳家等处的堤防。光绪十七年（1891），在黄河岸边督工抢护史家坞、王阳家等处险工的张曜背上生了疽疾，民间名曰"搭背"。张曜知晓此病的厉害，但依然选择坚守，每日都亲临现场。下属见到张曜身负重病却仍然忍痛坚守，无比心疼和敬佩。最终他的属官将其强行送回济南休养，但此时，张曜已经错过了治疗的最佳时期，几天后医治无效而卒。史载："公未绝之日，四民皇皇，奔走祷祈，求益公算。既逝，交衢缟素，若丧天亲，人士聚哭于省闱。嵩武军中，斫地投畲，哀声遏长河。"

张曜不单单是为治理黄河，更重要的是挽救危难中的百姓。即使黄河水患平息，百姓的生活也很难在短时间内恢复如初。因此张曜拿出自己的俸金救助灾民，同时号召其他的官员也一起捐款。张曜的所作所为令无数当地百姓和官员动容，他也深受百姓的爱戴。

利用黄河水沙资源的思想古已有之，但在黄河下游实现却不是容易的事，而张曜更是第一个将它付诸行动的人。张曜的治河思想和方法为后世积累了宝贵的经验，多年的水患在他的治理下有所平息。光绪皇帝称赞道："山东巡抚张曜，于山东黄河尤能悉心擘划，亲历河干，督率工员，力筹修守，实属勤劳罔日解。"

9. 山东绅民义举治河

晚清时期，山东因为黄河改道水灾频频，成为全国受灾最为严重的省份之一。自黄河改道由山东入海以来，山东五十六年内仅有四年未遇洪水，水患带来了无穷无尽的灾难。

山东商人积极参与社会救灾活动，募资捐款治理河患。清朝末年，山东多处堤坝年久失修，沿河地区的村民经常遭受洪水的侵袭。乡绅便承担起了治河的重担。他们带领村民们修筑堤防，一定程度上减轻了洪水灾害。同治十二年（1873），司马河溃决，巨野县太学生冯为德与毕九真等"率修河堤，自备桩料，河东得以无害"。光绪十五年（1889），黄河泛滥决口，洪水滔滔，涌进了赵王河。巨野贡生毕毓枋等人建议修筑堤防，并率领当地百姓行动起来，百姓们纷纷交替轮作、日夜抢修，最终修成堤坝，使河东之地免除了水灾。除此之外，从1856年开始，山东地方绅士组织民众用十多年的时间，在山东各州修建了一座绵延千里的城池以用于防御。

山东商人还在乡村修建了粮仓，向受灾群众、贫困百姓发放免费的米粥，救助了数千名百姓。山东地方绅士不仅是地方粮仓的管理者，在黄河泛滥之时，他们更是组织民众迁徙、救治地方百姓的领头人。尤其是迁徙过后的垦荒活动，大多是在地方绅士的组织下进行的。例如，咸丰五年（1855），黄河于河南铜瓦厢决口，洪水漫溢巨野等县境，造成了严重的水灾。巨野县民房被淹没，百姓深受水患之苦。这一时期中国内忧外患，面对黄河泛滥决口，竟无人能够对沿岸受灾百姓施以援助之手。就在这时，地方绅士唐守中主动承担起了治河赈灾的重任。

地方绅士唐守中积极致力于救济贫民百姓。他号召并组织移民垦荒，与唐振海等人"率众另照垦荒，因移湖陵家焉"。唐守中率领巨野县数千名难民，向微山、昭阳两个湖泊的西岸迁徙，在南迄铜山、北跨鱼台、绵亘两百余里、宽三四十里或二三十里不等的地方，率领民众建起村屯。在迁徙的路上，他不断安抚村民的情绪，更是将原属于自己的救助物资主动分给灾区儿童，自己却在饥饿难耐的情况下继续组织难民垦荒、安家立业。

10. 丁宝桢山东治黄河

丁宝桢（1820—1886），字稚璜，贵州平远（今贵州织金）人，同治二年（1863）正月调任山东，光绪二年（1876）八月离任，他与山东结下了不解之缘。治鲁期间，丁宝桢心系百姓，勇于担当，主要做了治河患、修水利、兴学堂、筹海防、创办机器制造局等几件大事，在山东留下了极高的声望和光辉的事迹。两次治理黄河耗费了丁宝桢的大量精力，也让他得到了同治皇帝的嘉奖，收获了百姓的好评。

同治十年（1871）八月，黄河在山东郓城侯家林段决堤，汹涌的河水呼啸着奔腾而来，浩浩荡荡，犹如千万匹战马冲破了牢笼，不仅淹没了沿岸的众多州县，还灌入了运河河道，严重影响了漕运交通。时任山东巡抚的丁宝桢身患疾病，得上谕

"赏假三月"。听闻黄河决口，他心急如焚，旋即派候补道潘骏文奔赴决口处查看灾情，并奏请带病视事。听说丁宝桢要前往灾区，家人纷纷反对，劝道："你是得了圣谕在家养病，现在身体还没好，怎么能如此操劳？""你应该先养好身体，再报答皇上的恩典。"望着家人恳切的眼神，丁宝桢用袖口擦了擦眼眶的泪水，抬起头坚定地说道："国家委我以重任，现在百姓受灾，正是需要我的时候，我怎么能够退缩呢！"当他拖着病弱的身体深入灾区现场，看到灾民们"栖身无所，糊口无资"的惨痛情景时，痛哭流涕，更加确信自己的选择没有错。他急奏朝廷恳请截取漕运粮食赈济百姓。朝廷准奏后，丁宝桢在受灾严重的各州县分设粥厂，优先照顾老弱妇孺，贫苦百姓可以就近领到食物，避免了饿殍遍野现象的出现。

　　稳定了灾民的情绪后，丁宝桢又急忙投入堵决的工作中。但在何时封堵决口的问题上，河东道总督乔松年与巡抚丁宝桢产生了分歧。乔松年认为，封堵决口是一项重大工程，要考虑天时、地利和人事，如贸然行事，则可能会功亏一篑。于是，他以钱款不足，"巧妇难为无米之炊"为托词，上奏朝廷申请暂缓开工。丁宝桢听说后气愤至极，立即上书朝廷，如若不立即封堵决口，那么泛滥的洪水不仅会淹没农田，延误春耕，而且会淤堵运河，阻断漕运，到时灾情愈发严重，受害的将不只是数百万的黎民百姓，国家利益也必将受到严重影响。丁宝桢的坚持得到了同治皇帝的认可，同治皇帝诏令丁宝桢督饬地方官员即刻兴工，并拨付银两全力支持。连日的操劳让丁宝桢身心疲惫，但他仍坚持亲赴坝头，制定封堵方案，督视官员工作，与役夫同甘共苦。此次封堵从购置物料到合龙完工未及两月，还为朝廷剩下白银31648两。同治皇帝听说了他的治黄事迹后深为感动，褒赞其"勇于任事，督率有方"。

此次严重的黄河决口事件，让丁宝桢深度思考了黄河改道给山东地区带来的危害。同治十一年（1872），丁宝桢上奏朝廷，提出了封堵铜瓦厢，让黄河恢复淮徐故道的建议，并历数了黄河由山东利津入海的"四不便"，总结了黄河恢复淮徐故道的"四便"。遗憾的是，丁宝桢的治河主张没有得到统治者的支持，最终也未能付诸实践。

同治十二年（1873）夏秋，黄河在直隶、开州、东明交界的石庄户再度决口。此次决口处宽约三里，运河两岸大堤被冲刷殆尽，山东、河北、江苏和安徽等省份的数十个州县被淹，百姓流离失所，灾情远重于两年前的侯家林决口。朝廷十分惊慌，一天内几次下谕旨要求立即封堵决口。但滔滔的河水让各地前来助力的河官都束手无策。此时的丁宝桢因"赏假一年"归乡"修墓"，得知黄河决堤的消息后，千里迢迢地赶回了山东。同治十三年（1874）十月，丁宝桢返回任上，根据当地的地质条件反复比较，决定采取修筑堤坝、疏导旧河的封堵办法。经过四个多月的昼夜抢修，最终在菏泽贾庄口处合拢，完成了封堵工程。为了确保黄河长治久安，光绪元年（1875），丁宝桢又上奏朝廷，请求在从石庄户下十余里到贾庄处修筑长堤，这就是著名的"障东堤"。事成之后，丁宝桢撰写了《新筑障东堤记》，并立碑以记。

光绪十二年（1886）四月，丁宝桢病逝于成都。山东父

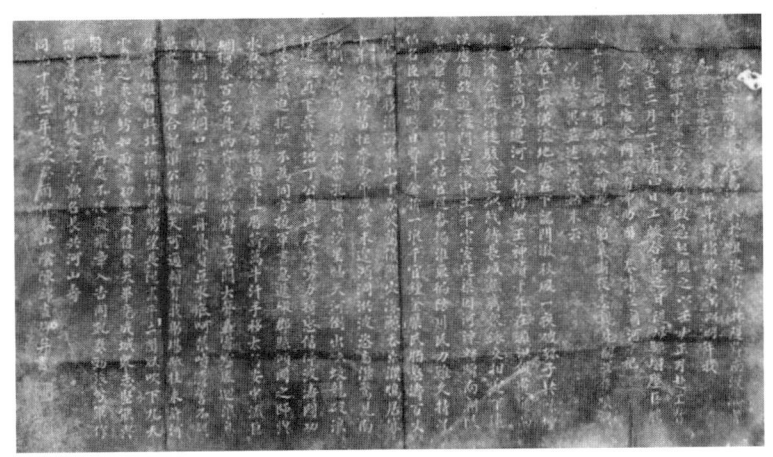
丁宝桢奏请创建山东省垣大王庙碑拓（闫训立供图）

老听说丁宝桢去世的消息后，联名上奏朝廷，请求将他的灵柩运回山东安葬。朝廷下旨准葬山东，并准予山东、四川、贵州等地建祠以纪念丁宝桢。次年秋，丁宝桢的灵柩被运回了济南，葬于原配谌夫人墓的东侧。晚清之际，时局动荡，国忧民困，"无岁不决"的黄河更是加重了朝廷的负担和百姓的苦难，丁宝桢勇担重任，事必躬亲，以耿直的秉性、清廉的政声为国分忧、为民解难，深得朝廷赏识和百姓爱戴，他犹如一颗亮丽的星星照亮了夜空。

11. 吴大澂任东河总督

光绪十三年（1887）八月十四日，瓢泼大雨并没有削减百姓筹备中秋佳节的兴致，他们上扬的嘴角和忙碌的身影洋溢着对阖家团圆的期盼。然而，为此佳节欢呼雀跃的不仅仅是百姓，黄河似乎也比平日欢腾了许多。很快，欢腾的黄河在郑州下汛十堡黄河大堤决口，河水迅速由郑州东北涌入其他各县，使郑州城陷入了一片汪洋之中。百姓对团圆的期盼瞬间成了奢望，精心布置的房屋被洪水冲塌，翘首以盼的家人生死未卜，流离失所的悲苦代替了欢度佳节的喜悦。

清政府知晓此事后，先是派遣李鹤年等人处理郑州十堡黄河决口的问题，但是并未取得很好的成效。皇帝对此感到十分生气，李鹤年等人也因为办事不力被革职发配。后来，皇帝听说广东巡抚吴大澂在黄河治理问题上很有想法，便下令让吴大澂接替李鹤年的工作，暂时担任河南山东河道总督，继续实施堵口工程。吴大澂的确是一位不可多得的人才，他知识渊博，爱好广泛，对绘画、书法、金石等都颇为精通。他在同治七年（1868）考中了进士，从此进入仕途，为官期间曾多次上书阐明自己对黄河治理的想法。如今，他终于有机会将这些想法付诸实践了。

和其他官员不同，吴大澂赴任并没有惊动当地官员和百姓。赴任当天，吴大澂穿了一套普通百姓的衣服，并将另一套衣服递给了自己的贴身随从，示意他也去换上。吴大澂见随从对此很不理解，便说："医生治病必须先知道真实的病因才好对症下药，治河也是如此。你跟我一起去和当地的百姓聊聊天，为黄河决口找找真实的'病因'。"吴大澂坐在一群百姓之中，毫无违和感。当聊起治河问题时，一个老大爷叹了一口气，说道："河患哪里是不能治啊，而是根本没人去治！官吏们要么就是不作为，要么就是乱作为，不仅筑建堤坝没有好的方法，还在施工过程中克扣工钱和料钱。你说，黄河就这样治理，怎么能治好？"吴大澂听后，在心中暗下决心，自己一定要治理好黄河水患问题，让百姓能够在此安居乐业。

了解了"病因"之后，吴大澂开始对症下药。他首先要解决的是官吏的不作为，这是一个得罪人的事，但他毫不畏惧。他将现有的官吏和工人召集起来，当众宣布道："从今日起，我会给大家严格规定交工期限，依限不能完成的人将被斩首示众。当然，如果我自己最后没有治理好郑州十堡黄河决口的问题，我也将以身殉职！"官吏和民工们知道了总督治理黄河的决心后，纷纷在保质保量的基础上日夜赶工，以求按期交工。在这样严格的要求下，东西两坝合拢前的各项准备工作迅速完成。另外，关于筑堤没有良策的问题，吴大澂根据自己对西方技术的了解也顺利解决了。他知道利用砖石筑堤的传统方法效果并不好，为此他经常整夜整夜地睡不好觉。有一天夜里，正当他辗转反侧时，突然灵光一现，想到了用西方常用的水泥来筑堤。他将此想法上奏给了朝廷，获得批准后开始动工。果然，用水泥筑建的堤坝更加牢固。

光绪十五年（1889），郑州十堡黄河决口的问题已经处理得差不多了。但是吴大澂并没有就此满足，而是一心为治理黄河做出更多的努力。于是，他向朝廷上奏表明，想要利用近代技术测绘一张黄河图。朝廷同意后，他带领刘鹗和一些技术人员开始了绘制工作。这张图花费了大概一年的时间才绘制完成，共测绘了自河南省阌乡金斗关到山东利津铁门关海口全长为1021公里的河道。光绪皇帝浏览后，赐名为《御览三省黄河全图》。这张黄河测绘图为治理黄河做出了重要贡献，成为后世治理黄河山东段和河南段的重要依据。

吴大澂治河成功后，皇帝龙颜大悦，实授吴大澂河南山东河道总督职务，赏头品顶戴。同时，他的治河方略让山东和河南地区的百姓免受黄河水患的侵扰，其治河功绩也被载入史册，世世代代为百姓所歌颂。

12. 周馥自筹经费治理河患

光绪二十四年（1898），黄河在山东再次决堤，沿岸百姓苦于水患，流离失所。在李鸿章的邀请之下，周馥来到山东襄办黄河工程，勘筹黄河修治办法，周馥有丰富的治河经验。来到山东后，黄河水患的严峻形势和当地百姓的痛苦生活令周馥忧心忡忡。他一边安抚百姓，救济贫民，一边细细地勘察黄河，商定封堵方案。经过多次勘察，周馥拟定了《山东黄河大加修治办法十条》，想要据此开展治河工作。可惜还没得及实施，次年二月，周馥就带着遗憾调离了山东，治河计划暂时搁置。

光绪二十八年（1902）四月，周馥以山东巡抚的身份再次回到了山东。时值黄海水位暴涨，海水倒灌，严重威胁着黄河口一带百姓的安危。没过多久，黄河在利津县冯庄、小宁海、扁家滩、马庄、王庄、薄庄等地相继决口。百姓们呼天抢地，一时间哀鸿遍野。周馥见此情景焦急不已，他在《山东黄河大加修治办法十条》的基础上，再次实地考察黄河及运河、小清河，勘察古徒骇河故道，想要找到修治黄河的最佳方法。

当时，黄河在张秋镇以下流域频繁摆动，但是这一段河堤年久失修十分破落，加上利津以下没有石工看护河岸，存在潜在危险。于是，周馥奏疏请求朝廷拨款三百万两以对黄河工程进行培修，但是清政府认为修河花费过多，不予批准。周馥得知消息后在家中急得团团转，但他已经下定决心要把黄河治理好，以免黄河再危害百姓。他将家人召集起来，说道："现在黄河水患形势紧急，可是当下朝廷不给我批准款项，但治河实在不能拖延了！我今天把大家叫到这里，就是想告诉大家，我要把家里的积蓄用作治河经费，希望大家都能理解我的用意。"此言一出，大家都沉默了，随之而来的是家人此起彼伏的反对声。他的妻子也说："你已经为治河做了许多事，再说这本来就是朝廷的事，连朝廷都不管的事你为何要揽下来？把钱都拿去治河了，以后我们这一大家子人怎么办呢？"周馥恳切地说道："你们也都看见了，山东水患这么严重，大批的百姓沦为难民，我没有办法坐视不管。况且我已经勘探过好多次黄河，没有人比我更了解这里的情况，我如果有足够的经费，一定能整治好黄河，这钱我必须了！"周馥的强硬态度让家人们都妥协了，最终周馥筹得了二十万经费。

周馥将其用于购买石料和补助利津灾民迁徙，后来又在原堤的南面新建了大坝，以防旧堤损坏，保障人民有新居可归。为加固黄河堤坝，周馥又在南三营三合庄、北三营宫家、北四营彩庄设了三处官窑，烧砖作坝。同时，周馥还设置了移民局，劝说黄河大坝以内的居民搬到大堤以外，并给予补助。他还在黄河两岸架设了电报线,利用现代科技及时地传达黄河的险情,以便提前做好准备。

在周馥的精心治理之下,此后十余年东段黄河再未决口,山东人民不再苦于水患。周馥任职山东期间,心系百姓,体察民情,人民得以安居乐业,百姓都十分感念周馥的恩德。

四

河上风云　家国情怀

黄河流域不仅是中华文明的摇篮和先民活动的重要区域，还是中华大地的政治、经济和文化中心，也是兵家必争之地。在中华文明发展史上，黄河流域涌现出了众多杰出的政治家、军事家、思想家。姜太公、周公等人，展现出了以天下为己任的家国情怀，为推行善政、造福百姓贡献了自己的力量，留下了美名佳话。孙膑、张荣等人，在黄河流域运筹帷幄，展现出了非比寻常的军事智慧，书写了风云激荡的史诗。

（一）治国安邦

1. 盘庚由奄沿河迁殷兴商

在商代的众多杰出人物中，有一位很有作为的商王，那就是盘庚。盘庚是成汤十世孙，继其兄阳甲之后，为商代第二十代王。

商代前期，从成汤到盘庚，商都屡次迁移。从商王中丁开始，商王朝发生内乱，国势衰微。盘庚在这样的背景下继位为王，历史赋予了他复兴商王朝的使命。

在迁都这件大事上，盘庚有长远的考虑。虽然迁都殊非易事，但是可以带来商王朝的长治久安。他强调迁都是以先王为榜样，"视民利用迁"，是为了稳定民心、治国安邦。贵族们习惯了旧都的生活，不愿意迁都。可是盘庚认为这样的生活存在隐患，他对贵族们说："你们不往长远考虑，想想以后的灾难，这样只会增加忧患。"盘庚为了商王朝的生存发展，深思熟虑后选择了迁都。

盘庚治国，以成汤为楷模。盘庚迁都于殷，是他效法先王、复兴商王朝的重要举措。在商王盘庚的劝诫和率领下，数万商人赶着牛羊，驮着家产，携儿带女，沿黄河缓慢前进。彼时黄河波涛汹涌，妇女儿童人数众多，迁都的过程可谓是十分艰辛。长路漫漫，困难重重，不少人在路上便有了放弃之心，尤其是贵族成员，他们习惯了安逸富贵的生活，渡黄河的苦是他们都不曾经历过的。

在迁都过程中，甚至一部分有势力的贵族煽动平民起来反对，闹得很厉害。盘庚面对强大的反对势力，并没有动摇迁都的决心。他竖起"天命"和"先王"两面大旗，宣称为人民打算来争取民心。在当时，"天命"和"先王"无疑是有威力的，他把反对迁都的贵族找来，耐心地劝说他们："我要你们搬迁，是为了安定我们的国家。你们不但不谅解我的苦心，反而引发无谓的惊慌。你们想要改变我的主意，这是不可能的，"同时盘庚警告道，"如果有奸诈邪恶、不听话的人，我就把他们斩尽杀绝。"说这些话也是为了不让反对的情绪在新邑蔓延滋长。

在盘庚的带领下，数万人马齐心协力共渡黄河，老人孩童也都背起了行囊，大家互相帮忙扶持，艰难万苦在大家的齐心协力下都化为黄河的浪花，随黄河东流而去。最终大家一起从奄（今山东曲阜）迁移到了殷。为了防止途中生乱，盘庚再次下令道："迁徙的计划是不会改变的！如果有人不服从命令，胡作非为，蒙骗欺诈，行为不轨，我就会动用刑罚把他们杀掉，连他们的子孙也不留！"经过千辛万苦，盘庚总算使这些人克服了渡河之苦，把都城从奄迁到了殷。

盘庚以其远见卓识力排众议，克服困难，把商都从奄迁到了殷，完成了商都最重要的一次迁移。根据《史记·殷本纪》的记载，盘庚迁殷之后，又"涉河南治亳，行汤之政"，出现了"百姓以宁，诸侯来朝"的社会局面。盘庚以后，以殷为都城的商王朝，创造了辉煌灿烂的文化。

作为一代商王，盘庚深谋远虑，勇于变革，做出了迁都于殷的壮举。《史记·殷本纪》中云："百姓思盘庚。"盘庚的业绩和品格，受到后代的崇敬和怀念。

2. 周公沿黄河东征

殷商末年，天下大乱，民不聊生。周人趁机而起，在周武王的带领下，推翻了摇摇欲坠的商王朝，建立了西周王朝。不幸的是，两年后周武王就去世了，由年幼的周成王即位。辅佐武王灭商的周公，也就是周文王姬昌之子、周武王姬发之弟姬旦，恐怕天下百姓，特别是殷商遗民听闻武王驾崩而反叛，于是亲自摄政当国以稳定朝政。

此时周朝危在旦夕，在东方担任三监的管叔、蔡叔、霍叔等周公的兄弟，趁机散布谣言诬陷周公，说周公摄政将危及成王的王位，煽动武庚、淮夷等殷商残余势力一起发动叛乱。周公告诉朝中大臣太公望、召公奭说道："我之所以不躲避猜疑而摄政，是因为唯恐天下叛离周朝，无以告慰我的先王太王、王季、文王。三王长期为天下忧劳，我们在先辈夜以继日的努力的基础上才成功建立周朝。武王去世早，成王又年少，为稳定天下，我才如此去做。"此话得到太公望、召公奭的赞许。

周公面对东方三监和殷商旧部武庚、奄、蒲姑等势力叛乱的严峻形势，心急如焚。他不能安坐于朝廷之上，于是下定决心迅速兴师东征，平定叛乱。在出征前的隆重仪式上，周公语重心长地对将士们进行动员讲话，指出国家面临的危急局面。他慷慨激昂地说："殷商的残余势力发动叛乱了，有些地方的百姓也起来响应，人心纷乱。唉！我们的处境就好像涉水过渊那样危险。先王以国家大业为重，周朝遇到这样危急的情况，怎么会说他们的后人没有毁坏他的家业呢？"于是周公与众人用文王遗留的大宝龟来占卜，得到了吉兆的结果。然后周公铿锵有力地说："我向来认为，天要亡殷而兴周。上天降天命给我们的文王，我怎敢不顾占卜的结果，怎敢不遵从上天的命令，怎敢不遵从文王的愿望呢？所以我一定率领诸位将士东征平叛，以完成文王从上天那里接受的使命。"经过周公动之以情、晓之以理的积极动员，大军士气高昂，一路挥师东进。

大军到达黄河边时已经是寒冷的冬天，于是履冰过河，与各路势力展开了激战，最终诛杀了管叔，流放了蔡叔，贬霍叔为庶民，又消灭了武庚。此后大军继续东进，进攻黄河下游的殷商旧都奄城。大臣辛公甲向周公进言道："奄势力强大，难于攻打。不如先易后难，先攻取周围的小国，再征服大国。"周公采纳了他的建议，决定先进攻奄城附近的小国。周人军队虽然劳师远征，但十分勇敢顽强，使用的战斧都砍出了缺口。经过艰苦卓绝的战争，周师打败了这些小国，随后北上攻打奄城。奄军虽然英勇抵抗，但是由于失去外援而势单力薄，最终失败，城破国灭。此后周师又攻取了殷商势力的又一重镇蒲姑。周公东征荡平了黄河下游，摧毁了殷商的旧有势力，扩大了周王朝统治的东方区域，稳定了周初的社会局面。

为了巩固东征的成果，周公平定叛乱后又在黄河中下游相继分封了诸侯国。周人分封在黄河下游的同姓诸侯国主要有鲁、卫、曹等，异姓诸侯国主要有齐、宋、杞等，其中尤以齐、鲁两国最为典型。在分封鲁国的时候，周公严肃告诫即将就封的长子伯禽道："我是周文王的儿子，周武王的弟弟，成王的叔父，我在天下人中地位也不低贱。然而我洗头发时多次握住头发停下来不洗，吃饭时多次吐出咀嚼的食物停下来不吃，是因为忙于迎接贤士，担心错失天下的贤人。你赴鲁就封后，一定要谨慎为政，不要因为身处朝廷高位而骄傲慢怠国中士人。"鲁公伯禽谨记父亲的教诲，在受封鲁国后，过了三年才回镐京向周公汇报。周公问："怎么来得这么迟呢？"伯禽说："我下大力气改变鲁地的社会风俗，革除原有的礼仪而实行周礼，当地百姓父丧要守孝三年，然后除去丧服，所以我来迟了。"但是太公望受封于齐国,五个月后就回来向周公汇报工作了。周公问:"怎么来得这么快呢?"太公望回答道:"我在齐地简化君臣礼节等各种礼仪,将周礼与当地的社会风俗相结合,简便易行,所以回来得比较迅速。"齐鲁两国的治国方针有所不同,但均取得了成功,由此奠定了周人管理黄河下游社会的基础。

周公沿黄河东征,使周人的统治重心由丰镐之间逐渐东沿黄河达至中下游地区。因此可以说,正是周公东征的胜利,才使周王朝完成了天下统一的大业。西周由此进入全盛的成康时期。在周朝初年建立了卓越功勋的周公,是杰出的政治家、思想家、军事家,被后人尊称为"元圣"。

周公像(选自《三才图会》)

3. 刘邦定陶登基

位于黄河中下游的定陶相传为"伏羲之桑梓,尧舜之故里",尧舜在这里开创了我国古代政治文明的第一缕曙光。两千多年后,汉朝开国君主刘邦在这里登基,拉开了汉朝的序幕。

秦末社会动荡,陈胜、吴广揭竿而起,刘邦、项羽等人相继投身起义。秦亡后,项羽自立为西楚霸王,封刘邦为汉王,两方势力开始争夺全国政权。最终在公元前202年的垓下之战中，项羽于乌江自刎，刘邦取得了胜利。消灭项羽、平定天下之后，刘邦接受了张良的建议，以安葬鲁公的礼节埋葬了项羽，随后挥师定陶。

刘邦的定陶之行有三个目的：一是收回韩信的兵权；二是安定彭越；三是登基称帝，巩固自己的地位。到达定陶之后，韩信、彭越、英布等将相大臣们共同尊请汉王刘邦称帝。虽然这正是刘邦想要的结果，但是他仍召集群臣商讨，假意推辞道："我听说自古以来皇帝这一称号，只有十分贤能的君王才能当得起。虽然现在诸侯将相都推举我做皇帝，但我知道自己的德行远远达不到这样的标准，不敢接受这样尊贵的称号来享有天下。"大臣们纷纷劝说刘邦："现在大王您已推翻了暴逆的秦朝，平定了天下，您的威武四海皆知，您的德行人人爱戴，皇帝之位不属于您还能属于谁呢？您称帝是众望所归。"刘邦又推辞再三，实在推辞不过，说道："既然你们都认为这样做对国家和人民有好处，那我就只好答应了。"

于是群臣开始选择吉日，制定仪式，准备登基

刘邦像（选自《三才图会》）

116

大典。公元前 202 年正月，刘邦"即皇帝位于氾水之阳"，而"氾水之阳"就是今天位于黄河下游的山东省定陶县的官堌堆。刘邦登基的这一天天气晴朗，现场鼓乐齐鸣，锣鼓喧天，数万将士肃穆地站着，等待着他们的皇帝走上受命坛。就这样刘邦在群臣的簇拥下，在百姓的期待下，应天受命，祭祀天地，正式登基做了皇帝。刘邦定国号为"汉"，立吕雉为皇后，立公子盈为太子，并建都洛阳，后迁长安。在登基大典举行完毕之后，刘邦在定陶改封齐王韩信为楚王，建都下邳，封彭越为梁王，建都定陶，对萧何、张良等功臣也都论功行赏，使他们得到了相应的赏赐，达到了稳定政局的目的。定陶的官堌堆，也有了"受命坛"的称谓，成为刘邦承天命、顺民心的龙兴之地，拉开了汉朝的序幕。

4. 曹操屯兵鄄城争天下

东汉末年，诸雄混战，社会动荡，被称作"治世之能臣，乱世之奸雄"的曹操便在此时走上了历史舞台。他用三十多年的时间统一了中国北方的广大地区，推动了农业生产，稳定了社会秩序，在历史上留下了传奇的一页。

黄河边的鄄城在曹操的早期成长史中占有重要地位。曹操能够"挟天子以令诸侯"，有赖于他在兖州打下的坚实基础。鄄城隶属于东汉兖州的济阴郡，位处山东西部的平原上，倚靠黄河，东临巨野泽，西接曹操起兵的陈留郡，北面紧靠东郡，周边有定陶、昌邑、东阿、濮阳等军事重镇，战略位置重要，自古就是必争之地。鄄城是曹操在兖州扩张势力的重要基地，也是曹操危难关头的立足之处。

建安元年（196），曹操走上了"挟天子以令诸侯"的道路。而在此之前的两年，曹操在鄄城经历了血与火的洗礼。

当时，曹操以鄄城为军事基地平定了黄河下游地区。初平四年（193），被拥立为兖州牧的曹操开始在鄄城驻军。在之前与黄巾军的战争中，曹操收编大量精锐组成了"青州兵"，累积了雄厚的军事实力。曹操屯兵鄄城后，向西打败袁术，向东征伐徐州牧陶谦，不断扩张自己的势力范围。第二年，曹操的父亲曹嵩携家带口前来投奔曹操，却在路上被陶谦的部将杀害。曹操恨得咬牙切齿，留下荀彧和程昱驻守鄄城，自己率军征讨陶谦为父报仇，连克城池，横扫徐州。这就是《三国演义》第十回中所说的"报父仇曹操兴师"。

鄄城在随后的动荡中成为曹操赖以支撑的后方基地。趁着曹操离开鄄城讨伐徐州，张邈与陈宫拥立吕布为兖州牧。兖州各郡县随之反叛，只有鄄城、范、东阿三城依然坚守，等待曹操的援救。鄄城能够坚守不失，得益于曹操的部下荀彧、程昱等人的坚定支持。

危机发生之时，荀彧准确识破了敌人的阴谋。张邈反叛后派人到鄄城通知荀彧道："吕布即将带兵前来帮助曹操讨伐徐州，希望鄄城为我们供应军粮。"此时众人疑惑不解，无法辨别吕布是敌是友。荀彧当机立断，加紧战备，积极准备鄄城的防御事务，挫败了张邈的诡计。

荀彧、夏侯惇、程昱等人及时稳住了阵脚，保存了力量。

此时，鄄城内有很多官员与张邈、陈宫暗通款曲，而鄄城之外的兖州仅剩范、东阿二城尚愿听从曹操的号令。事变发生后，大将夏侯惇迅速带兵赶到鄄城，以迅雷不及掩耳之势清理了鄄城内的反叛力量。荀彧又派在当地素有声望的程昱去联络范与东阿两地的官员，坚定了两座城池固守待援的决心。曹操事后拉着程昱的手感激道："若没有你，我将无处可归。"

最后，荀彧孤身犯险，缓解了军事压力。作为吕布的先头部队，郭贡率兵数万提前到达鄄城，要求与荀彧面谈。夏侯惇等人知道来者不善，纷纷劝他不要出城。而荀彧则冷静地分析了局势，说道："郭贡与张邈等人素来不合，而今仓促到来，未必与吕布、张邈是铁板一块。若此时游说郭贡，虽不能将他争取过来，但至少可以让他保持中立。若立刻就与他交战，则是逼着他倒向吕布。"果然，郭贡在会面中看到荀彧临危不乱、面无惧色，以为鄄城准备充分无法攻破，于是撤军返回了。经过荀彧等人的不懈努力，曹操得以返回鄄城，重整旗鼓。

曹操在荀彧、程昱的建议下，继续将兖州作为根据地。不久他便打败吕

曹操像（选自《三才图会》）

布，重新平定了兖州全境。一年后，汉朝名义上的最高统治者汉献帝刘协逃离长安，号召各地官员勤王护驾。建安元年(196)，曹操率兵进入洛阳护卫刘协，并将中央机构迁往了许昌，从此开始把持朝廷，争夺天下。

曹操的事业奠基于兖州，而鄄城是曹操立足兖州、平定黄河下游地区的军事重镇，是曹操危难时刻赖以支撑的后方基地。因此，鄄城见证了曹操在争夺天下过程中的一段风云岁月。

5. 王猛辅佐苻坚统一黄河流域

王猛(325—375)，字景略，北海郡剧县(今山东昌乐)人。他出身贫寒，年少时以贩卖畚箕为生，但他贫而好学，手不释卷，尤爱读兵书，性格沉稳，具有远见卓识。桓温北伐时，王猛曾与桓温面谈，只见他一边捉着身上的虱子，一边谈论着天下大事，镇定自若，滔滔不绝，引得桓温赞叹不已。此后，王猛名声大振。

东晋升平元年(357)，前秦东海王苻坚听说了王猛的声名，以礼相请，席间谈及前秦的形势，苻坚问道："如今苻生残忍暴虐，朝臣人人自危，百姓们也忧心忡忡，应当采取什么措施？"王猛直言道："不如取而代之。"此次谈话让政见一致的二人一见如故，苻坚更是坦率地说道："吾见王猛，犹玄德之遇孔明也！"在王猛的帮助下，苻坚诛杀了苻生，夺取了前秦政权。此后，王猛得到了重用，进行了一系列改革。他用强硬的手段镇压了权贵们的嚣张气焰，整顿了社会风气；他主张轻徭薄赋，发展生产，使百姓们得以安居乐业；他创办儒学，选拔优秀人才，让朝廷中满是贤能之士。在王猛的辅佐下，前秦的统治区域呈现出了一片国富民强、安定和乐的升平景象，为苻坚统一黄河流域提供了稳定的后方支持，打下了坚实的物质基础。

除此之外，王猛对前秦疆域的扩张也有着巨大的贡献。针对当时政权林立、南北对峙的情形，他制定了先稳定西北消除后顾之忧，而后扫荡关东以图统一北方的战略。前秦建元二年（366），王猛率两万大军进攻荆州，初战告捷，前秦军队掠夺大量人口而归。次年，羌族首领敛岐叛乱，王猛率兵一万七千余人前去征讨，大胜敌军，并乘胜追击，斩前凉士卒一万余人。建元五年（369），王猛趁桓温伐燕、燕向秦求救之际，建议苻坚先出兵为前燕击退桓温，待日后前燕力量更加薄弱时便可将其消灭。建元六年（370），王猛率六万人伐燕，最终以少胜多，打败了前燕的三十万精兵，前燕灭亡。

由于长期操劳国事，王猛积劳成疾，于建元十一年（375）逝世。弥留之际，他仍不忘叮嘱苻坚道："陛下，我自知大限将近，但还是一定要叮嘱您，东晋毕竟是正统，希望您先不要急着攻打东晋，一定要和东晋友好往来。要把矛头先对准鲜卑、羌虏建立的那些国家，消灭潜在的祸患，只有这样我们国家才能长久发展，臣才能走得安心啊！陛下您一定要记住我的话啊！"王猛去世后，苻坚悲痛万分，三次亲临哭祭，谥其为"武侯"。此后，苻坚痛定思痛，在王猛去世的次年消灭了前凉。苻坚建立的前秦政权，得到了庶民百姓的拥护，逐渐由弱变强，一度统一了黄河流域。

6. 田承嗣河朔垦荒

唐朝中后期，地方势力增强，出现了藩镇割据的局面。这一时期，地方割据势力连续战争，关卡林立，制度不一，对社会发展造成了严重影响。黄河流域由于长期战乱，农桑遭到进一步破坏，荒地大量出现。为了安抚灾民、增强军事实力以实现长期割据，藩镇节度使非常重视当地农业经济的发展。在这种背景下，魏博镇节度使田承嗣就带领军民在河朔垦荒，在当地开创了社会稳定、经济复苏、安居乐业的局面。虽然田承嗣在河朔垦荒的根本原因是维护自身的经济实力和军事实力，从而实现长期割据，但在一定程度上也促进了当地的农桑发展。

田承嗣出身于雁门田氏，是安东副都护田守义之子，唐朝中期著名的将领、军阀。他自少骁勇善战，随平卢节度使安禄山屡立军功，曾率军攻陷洛阳，为安禄山立下了汗马功劳，是安禄山的得力部将。"安史之乱"平定后，田承嗣归降唐王朝，皇帝便授予他魏博节度使的官职。

当时河北道为河朔三镇所割据，魏博之地战火纷飞，十室九空，饿殍遍地，人们为了活下去卖儿鬻女，甚至互相抢掠，社会一片混乱。当时各地节度使为了巩固自己的割据地位，便在各地大力发展军事营田。当然田承嗣也不例外，"安史之乱"后归降朝廷的他出于维护自身经济实力和军事实力的需要，大力开垦河朔地区的荒地。田承嗣十分关心河朔地区的农业垦荒，他经常召集相关官员商议，如何快速有效地实施垦荒政策，恢复农业经济发展，甚至对提出有利方案的官员大加奖赏。官员们也多次去实地考察，提出了很多有效的建议。除此之外，田承嗣派士兵到处考察地形地势，请教当地的农民，吸收他们的建议，有时候他亲自去田地里考察，为当地百姓做出表率。在他的治理下，河朔地区的农业经济慢慢恢复了过来。那些流民也逐渐回到自己的家乡，开荒种田，不过几年时间，河朔地区的百姓便实现了基本的温饱。

在田承嗣的努力下，河朔地区出现了"既庶且富，教义兴行"的局面。"既庶且富，教义兴行"是裴抗给田承嗣撰写的神道碑碑文中的内容，其中虽不乏夸大的成分，但不可否认，这种军事营田确实是唐后期河朔藩镇发展农业的重要手段，而且成效明显。营田区域从北部边地开始向中南部的广阔平原扩展。

当时"安史之乱"刚结束，百姓正逢"饥馑之岁"，安定民心、防止暴乱才是当务之急。田承嗣等地方节度使正是从安定民心出发，大力鼓励开垦农荒，解决灾民问题。所以田承嗣开垦荒田虽然根本目的是巩固自身实力从而实现长期割据，但在一定程度上安抚了灾民，稳定了时局，促进了当地社会的恢复和发展。

7. 曾巩任官齐州

黄河之水流经齐鲁地区，质朴雄厚的黄河文化滋养了无数齐鲁百姓。古往今来，无数文人墨客在这里受到熏陶，"唐宋八大家"之一的曾巩就是其中的代表人物。

曾巩（1019—1083），字子固，世称"南丰先生"，建昌南丰（今江西南丰）人，北宋著名文学家。北宋嘉祐二年（1057），年近不惑的曾巩进士及第，开始步入政坛。熙宁四年（1071），曾巩任官齐州（今山东济南），虽然只有短短两年时间，但任职期间其政绩卓著，使当地出现了一片安定升平的景象，赢得了齐州百姓的爱戴。

来到齐州后，曾巩立即针对齐州豪强恶霸祸乱乡里的情况，进行了重点整治。济阳有一户姓周的人家，财大气粗，家中有子名叫周高，自幼备受家人宠爱，养成了骄纵无礼、无法无天的性子。长大后的周高自恃家大业大，为富不仁，恃强凌弱。曾有小商贩不小心冲撞了他的马车，周高不由分说就将其杀了。有人路见不平为商贩报官，但也无济于事，只因周家早已买通了官府，周高无论犯了多大的罪都会被无罪释放。后来周高当街掳走了一位少女，女孩的父亲到官府申冤，结果没见到想象中的"青天大老爷"，反而被周高打得遍体鳞伤。从此，周高更加目无王法，为非作歹。百姓们敢怒不敢言，生怕一不留神会得罪这个恶棍，丢掉自己的性命。曾巩到任后坚决不接受周家的贿赂，立即着手搜集周高的犯罪证据，将周高捉拿归案，并依法处决了。曾巩强硬的作风，极大地震慑了地方豪强，整顿了齐州的社会风气，当地的犯罪率大大降低，社会治安明显改善，出现了夜不闭户、路不拾遗的太平景象。

任官齐州期间，曾巩始终将百姓们的诉求放在心里。熙宁六年（1073），为了疏浚黄河，朝廷从各地征调民工，要求齐州出两万人前去服役。最初的政策是每三个青年劳动力中就要抽调一个去前方服役。当时正值农忙时节，此举将极大地影响了农业生产，因此招致了人民的不满。百姓们都不想去疏浚黄河，于是纷纷隐匿户口逃避服役。曾巩很快发现了百姓们的顾虑，他细细计算了工程量和劳动力的数量，及时调整了政策，下令每九个劳动力中出一个即可。这样一来既能满足朝廷征丁的需要，又减轻了百姓的徭役负担，使百姓们能够安心地进行农业生产。

作为一个文学大家，曾巩十分注重当地的文化教育。任职期间，曾巩对齐州的地理状况进行了深入考察。在他的考证下，阐明了历史上"舜耕历山"中的"历山"就是齐州的历山，论证了趵突泉和城区的其他名泉都是从南部山区经地下水潜流至市区形成的。他还根据趵突泉的喷涌声势形象地将其命名为"趵突之泉"。此外，他主张教化民众，改革齐州的教育，要求各级学校教授《尚书》。曾巩本人在任职期间也取得了巨大的文学成就。散文以《齐州二堂记》《齐州北水门记》两篇为代表，诗歌题材广泛，共创作了七十余首诗，表现了他这一时期的情趣和志向。

虽然只有短短两年的时间，但曾巩为齐州做出了巨大的贡献，改善了人民的生活，维护了社会秩序，在文化和教育上更是福泽后世，为济南的历史添上了浓墨重彩的一笔。人们为了感谢曾巩，于千佛山建造了曾公祠，在大明湖畔建造了南丰祠，永远纪念这位造福一方的好官。

8. 张养浩心系百姓

千百年来，黄河之水奔腾不息，哺育了无数的齐鲁英杰，张养浩就是其中之一。张养浩，字希孟，号云庄，山东历城（今山东济南）人。历仕元世祖、成宗、武宗、仁宗、英宗和明宗等朝，政绩显著，蜚声文坛，被誉为"元代名臣"。至元二十九年（1292），饱读诗书的张养浩得到了不忽木的赏识，正式步入仕途。大德九年（1305）春，张养浩任职堂邑（今山东聊城堂邑镇）县尹，因为心系百姓，情系民生，得到了堂邑百姓的爱戴。

位于黄河之岸的堂邑县中立有许多供奉邪神的"淫祠"庙宇，百姓们沉迷于祭祀所谓的"神灵"，祈求得到"神灵"的眷顾，从而过上富足的生活。张养浩一来到这里就立刻命人将这些庙宇全部拆毁，但此举遭到了一些人的强烈反对。张养浩义正词严地向百姓们说明了供奉这些庙宇的危害："我从来没有听说过不勤恳劳作就能轻而易举获得吃食的事情。你们每一次的祷告不但不会得到神灵的怜惜，反而浪费了时间和财物。与其把希望寄托在虚无缥缈的神灵上，不如实实在在地耕作劳动，靠双手挣来财富。"张养浩的一番话点醒了堂邑百姓。他们和张养浩一起拆掉了三十多座庙宇，从此专心从事农业生产，过上了富足安定的生活。

当时堂邑县中，凡是有偷盗前科的人必须在每月的初一和十五那天到官府接受审问，官府调查他们的现状，确保他们以后不会再做违法犯罪的事情。张养浩却说："他们这些人也是因为生活贫苦，为了活下去不得已才去偷去抢的，不是大奸大恶之人，并非不可原谅。这么做下去人们会一直觉得他们是罪犯，用异样的眼光看待他们。即使这些人想改过自新也会力不从心，反而可能再次走上偷盗的老路，不如就此废除这条规定吧。"后来这些有前科的人登门拜谢张养浩，感激涕零地说："感谢张大人给了我们改过的机会，我们一定会好好过日子，再也不会作奸犯科了。"从此，堂邑县中夜不闭户，路不拾遗，社会安定有序。

县中有一个恶霸名叫李虎，他目无王法，烧杀抢掠，欺男霸女，无恶不作。但是李家家大业大，经常用钱财贿赂官员，为李虎遮掩罪行，即使他杀了人也会被无罪释放。百姓们只能忍气吞声，毕竟所失钱财是小，如若报官，李虎毫发无伤，自己还可能因遭到李虎的报复而丢失性命。城中人人自危，苦不堪言。张养浩来到堂邑县后毅然拒绝了李家的贿赂，并立即命人搜集李虎犯罪的证据，着手处理李虎。此举遭到了李虎的威胁，李虎让张养浩不要多管闲事，否则，就会派人将张养浩杀掉。张养浩没有一丝畏惧，直接召集人手将李虎及其党羽一网打尽，依法处决，为堂邑百姓铲除了一大祸害，百姓们再也不用提心吊胆地过日子了。

张养浩后来在《山坡羊·潼关怀古》中写道："峰峦如聚，波涛如怒，山河表里潼关路。望西都，意踌躇，伤心秦汉经行处，宫阙万间都做了土。兴，百姓苦；亡，百姓苦！"他一直都将百姓疾苦看在眼里，放在心中。在任堂邑县尹期间，他为官清正，恪尽职守，心系百姓，得到了百姓的敬重。在他离任之后，当地百姓为他立去思碑，以表达对这位心系百姓的"父母官"的思念。

（二）战争风云

1. 晋、楚城濮之战

春秋时期，黄河中下游地区政治形势紧张，王室衰微，诸侯互相征伐，战争频繁。在这种形势下，在黄河中下游地区发生了一场著名的战役——城濮之战。

起初，晋国内乱，公子重耳出逃，历经艰难险阻。他逃亡到楚国时，楚成王热情地招待了他。重耳十分感激，向楚成王郑重许诺道："如果我做了晋国国君，晋、楚两国交战时，我将命令晋国军队主动退避三舍。"古时行军以三十里为一舍。重耳许诺主动后撤九十里，表示了回报楚国的巨大诚意。后来，重耳在秦国的帮助下回到了晋国，做了国君，史称"晋文公"。晋文公重耳做了国君后，以超人的胸怀广纳贤士，使晋国的国势越来越强。

公元前 632 年左右，楚国势力强盛，想要称霸中原。经过细致筹谋，楚国终于决定进攻宋国。危难之际，宋国想到当初晋文公重耳流亡之时，宋国曾经给予他帮助，于是立马派人给晋国送去告急文书，请求晋国派兵增援解围。晋文公收到文书后也感到为难，因为当年流亡时，不仅宋国曾给予他帮助，楚王也把他当作座上宾，从未轻慢过他，甚至把他当成晋国国君来款待。如今双方交战，两方都于自己有恩，这该如何选择？

晋文公一筹莫展，于是召集各位大臣共同商议应对之策。狐偃给文公出了个主意，与其坐以待毙，不如主动出击。如今曹、卫两国都已经依附楚国，晋国可以以"当年逃难时，曹、卫两国的国君对主上无礼"作为出兵理由讨伐两国，这两个国家有难，楚国肯定不会坐视不理。楚国派兵去救援曹国、卫国，那宋国的困局自然而然也就解开了，并且晋国还不必陷入两难的局面。晋文公依计而行。晋军强悍，接连攻破了曹、卫两国的都城。

楚王知道此事后，立马给将军成得臣传令："与晋国能和则和，不可轻易作战。"然而，成得臣是一位非常自信、倔强的将军，他见曹、卫两国被攻破，心里非常不服气，当即从宋国撤兵，准备同晋国一争高下。

晋军将领们见楚军追来，精神振奋，严阵以待。晋文公却在此时下令："大军后退九十里！"这个命令引起了晋军将士们的不满。狐偃解释道："成得臣虽然无理，但当年楚国曾在文公流亡时给予过帮助，文公曾许诺，如若将来两军对峙，将退避三舍来报答以前楚成王给予的礼遇。"于是晋军听令后退，在城濮驻扎下来。

看到晋军撤退，成得臣认为晋国不敢再战，于是率军疾驰追到城濮，并派人给晋文公送去了"日必无晋矣"的战书。晋文公见对方不依不饶，无奈地表示："我已退避三舍，履行了当年对楚王的承诺。楚国人依然紧逼不放，我只有接受战书，全力应战。"他大胆任命年轻将领先轸做主帅。先轸也表现出了突出的军事才能，对作战进行了详细安排。

在这次战争中，晋国只有宋国派兵援助，而楚国则联络了陈、蔡、申、息等国。成得臣带着数国联军进攻晋国，十分自信，他认为楚军占尽优势，必定可以将晋军一网打尽。

2. 三周华不注

今天济南市东北的华不注山，不仅景色奇绝、风光秀丽，而且历史悠久，底蕴深厚。早在春秋时期，华不注山就作为鞌之战的战场而载于《春秋左氏传》中，名垂于世。鞌之战是春秋时期齐国、晋国之间的一次战役，对春秋时期的政治局势有深远影响。而华不注山见证了这场重要的战役。

公元前592年，晋、楚争霸处于胶着状态，南方的楚国国力猛增，一举打败了晋国。晋国为了对抗楚国，派遣德高望重、智慧超群的元帅郤克出使齐国。郤克出生于公卿世家，虽然智慧过人，但驼背跛足。当郤克来到齐国后，齐顷公看到郤克的样子，觉得十分滑稽。齐顷公在郤克走后大笑，这引起了齐顷公母亲的好奇。后来齐顷公为了博母亲一笑，便在第二天单独宴请郤克，并让母亲在帷幔后面偷看取乐。郤克对此十分愤怒，两国因此交恶。

公元前589年，鲁国被齐国攻打后转而向卫国求援。卫国军队在不敌齐国的情况下，立刻向晋国求援。六月，齐、晋双方军队在鞌地摆开阵势，准备交战。邴夏为齐顷公驾车，逢丑父给齐顷公做"戎右"。在古代战车上，将领站在战车的左侧，御者站在中间的位置上。如果将领是君主或主帅则居中，御者居左。负责保护将领的人居右，叫作"戎右"。晋军方面解张为郤克驾车，郑丘缓当戎右。

双方开战后，场面激烈，难分胜负。齐顷公说："我姑且消灭了这些人再吃早饭。"他不给马披上甲就驱马奔驰。郤克在作战中被箭射伤，血流到了鞋上，他没有中断擂鼓，但惊惶地叫喊："我受重伤了。"而给他做御者和戎右的解张、郑丘缓却丝毫没有帮助他的意思。解张说："从一开始交战，敌人的箭就射进了我的手肘，我折断箭杆继续驾车，左边的车轮都被我的血染成了黑红色，我哪敢说受伤？您忍着点儿吧！"郑丘缓也说："从开战到现在，遇到地势不平的地方，我就下去推车，您知道这些吗？"解张说："我们的鼓声和战旗就是晋国战士们的耳朵和眼睛，军队前进后退都要听鼓声。这辆车上只要还有一个人在坚守，晋军就能够获胜。怎么能因为伤痛而败坏了国君的大事呢？我们穿上盔甲，手执兵器，本来就抱定了必死的决心，伤痛还不致死，您还是努力指挥战斗吧！"解张将右手所持的辔绳换于左手，腾出右手接过郤克的鼓槌继续擂鼓。解张所驾的马狂奔起来，晋军跟随着郤克、解张的战车疯狂地冲进齐国军队。齐军溃败。晋军追赶着齐军，绕着华不注山追了好几圈。

齐顷公见形势不对，吩咐驾车赶紧离开。但是晋将韩厥发现了他的战车，于是带领大批人马追赶他。关键时刻，齐顷公的车右逢丑父和齐顷公交换了身份，互换了衣物。被韩厥抓住以后，逢丑父假装口渴，命令齐顷公去找水，这才让齐顷公逃过一劫。齐军没能打败晋鲁联军，齐顷公最后不得不向晋国求和。

这一战以后，晋国又有了和楚国争霸的实力，重新塑造了黄河下游的政治格局，对春秋时期的历史演进有重要影响。著名的鞌之战也让华不注山闻名遐迩。此后，唐代大诗人李白、杜甫都曾来到这里。清朝的乾隆皇帝在南巡的时候还特意来到这里，实地欣赏"鹊华烟雨"的美景。

3. 孙膑围魏救赵

春秋战国时期，黄河中下游地区各诸侯国争夺霸主，战争频繁。齐国有个著名的兵学家叫作孙膑。在齐国与魏国的桂陵之战中，孙膑使用了"围魏救赵"之计，实现了自己的军事目标。

《史记·孙子吴起列传》中记载，公元前354年，魏惠王为了对赵国抢夺中山国的行为进行报复，派大将庞涓去攻打中山。中山原本是东周时期的一个小国，后来被魏国收服。其后赵国又在魏国国丧时的动乱中将中山据为己有。魏国大将军庞涓认为中山不过是弹丸之地，不如直接攻打赵国都城邯郸，这样既能灭亡赵国，又能收复中山，一举两得。魏王听从了庞涓的建议，任命庞涓为将军，用五百战车直接围困了赵国的都城邯郸。赵王在生死存亡之际求救于齐国，并且许诺，如果齐国为赵国化解了这次危难，便把中山国的领地赠送给齐国。齐威王欣然应允，任命田忌为将、孙膑为军师领兵作战。

孙膑与庞涓曾是同学，对用兵之法谙熟精通，对庞涓也是十分了解。早在此之前，魏王曾用重金将孙膑聘到魏国，让他与庞涓一起为魏国效力。但是，庞涓自觉能力不及孙膑，害怕自己的地位会被孙膑取代，于是将孙膑诬陷成罪人，对他施以膑刑，使他无法行走，还在他脸上刺字，想彻底毁掉孙膑的前途。孙膑受刑之后并没有颓废，而是假意迷惑庞涓，使庞涓认为自己已经无法构成危害，同时暗暗等待时机。终于有一天，他抓住机会联系到了齐国派到魏国的使臣，通过他们的帮助逃到了齐国。从此之后，孙膑便留在了齐国，为齐国扩张势力、对外作战出谋划策。

田忌与孙膑率兵进入魏赵交界之地时，二人的想法出现了分歧。田忌想要率兵直逼赵国都城邯郸，孙膑制止道："用拳头解不开系成扣子的绳子，要分开两个争斗的人，就不要自己也卷入争斗之中。解决问题要抓住要害，一针见血。现在，魏国的军队都去围困赵都邯郸了，如果此时我们直接攻打围困邯郸的魏国军队，那么正好是与魏国的主力进行交战，未必有胜算。而如果我们去围困魏国的国都大梁，那么围困邯郸的庞涓必定会率领军队来解救魏国的国都大梁，这样一来，邯郸的困局就解开了。我们再在魏军回师的途中设下埋伏，必定能把魏国军队打败。"田忌依照孙膑的计谋部署行事。果然庞涓听到大梁有难立刻回头保卫国都，在离开邯郸的路上又陷入了齐军的伏击。魏军长途奔波十分疲累，又未曾料到会遭遇伏击，顿时鱼溃鸟散，辙乱旗靡。齐师大胜，赵国的困局也随之解开。

马陵之战纪念馆（李杰摄）

此后齐、魏两军在马陵再次交战，庞涓又一次中了孙膑的伏击。两次败于孙膑的计谋之下使他备受打击，最终无奈自刎。孙膑这位足智多谋的军事奇才为世人所敬佩，此后他的兵法也广为流传。

"围魏救赵"的故事不仅对齐魏关系有重要影响，其后也导致战国时局发生了改变。"围魏救赵"后来成为"三十六计"中的一计，至今为人津津乐道。

4. 石勒、曹嶷"以河为断"

西晋末年，内乱不止，社会动荡不安。黄河下游地区自古就是兵家必争之地，此时更引得诸方势力虎视眈眈。

永兴三年(306)，山东青州人王弥聚众叛乱，曹嶷投身其下。

后来王弥归附石勒，为巩固后方，王弥命曹嶷率五千将士返回青州。曹嶷一路东进，齐鲁之间四十余个郡县相继投降，其拥兵十余万，占据了齐鲁之地。此后曹嶷坐镇临淄，自称"青州刺史"。为了巩固自己的势力范围，曹嶷沿河置戍，并为了屯兵自保另建了一座扼制要冲、易守难攻的广固城（今青州境内）。

而此时的石勒也在大展锋芒。自从投奔汉国之后，石勒因为能力出众得到了刘渊的重用，一路做强做大，虽然名义上还是汉国的臣子，但实际上已经拥有了割据一方的实力和吞并天下的野心，不再听从汉国的命令。石勒先后兼并王弥，击灭王浚，攻陷并州，势如破竹。曹嶷见到石勒势力越发强大，心生畏惧，害怕石勒来攻打自己，于是紧急召集臣下商讨应对之策。曹嶷问道："如今石勒实力强劲，战无不胜，比我强大的王弥、王浚尚且都被石勒消灭了，万一他前来攻打青州，我们又该如何是好呢？我心里实在是担忧啊！"有一谋臣建议道："石勒虽然强大，但是我们青州毕竟地处东方，距离石勒相对较远，他近期的目标应当不是我们。不如我们主动向石勒求和，提议以黄河为断，以此来为我们争取一段时间的安稳，然后趁此机会抓紧休整军队，积聚力量，就算以后他再来攻打，我们也能多一分胜算！"曹嶷同意了这个提议。

大兴二年（319），曹嶷派使臣带着土特产前往襄国，献给石勒，并让使臣极力陈说："近年来形势动荡，战争不断，百姓们也都流离失所，不能安稳度日。大人何不考虑以黄河为界，划定疆域，休养生息以求长久之策？"石勒考虑到自己现在最大的目标不是曹嶷，攻打青州之事不急于一时，以河为断确实有利于稳定百姓，发展经济，于是回答道："长期以来的征战让我也很是疲惫，以河为断实在是一个很好的提议，我也想趁此机会休整军队，安顿一下百姓。"于是他答应了曹嶷的提议，划定黄河以东是曹嶷的领域，黄河以西是石勒的统治范围，二者互不干涉。

"以河为断"对曹嶷来说无疑是有利的，之后石勒将矛头对准了其他军阀，暂时不会前来攻打青州。青州境内没有受到战火的侵扰，曹嶷也积极发展经济，训练军队，为自己赢得了休整的机会。而且正是因为"以河为断"，广固城得到了修整，后来南燕政权就定都于此。

5. 慕容德建南燕于黄河南岸

在十六国时期，鲜卑族的慕容氏十分强盛，他们既有游牧民族骁勇善战的特质，又在发展壮大的过程中不断汉化，家族中英雄辈出。在他们的带领下，慕容氏相继建立了前燕、后燕、南燕三个政权，其中慕容德就是南燕的建立者。慕容德（336—405），字玄明，昌黎棘城（今辽宁义县）人，鲜卑族，前燕文明帝慕容皝之子。年少时熟读兵书，武艺超群，具有远见卓识，成为十六国时期南燕的开国皇帝。

公元384年，慕容垂在荥阳自称"燕王"，建立后燕，任命慕容德为车骑大将军。慕容垂死后，其子慕容宝继位，任命慕容德为都督冀、兖、青、徐、荆、豫六州诸军事、车骑大将军、冀州牧，镇守邺城。

隆安元年（397），北魏围攻后燕的京城中山，皇帝慕容宝出逃。大臣们纷纷劝慕容德继位，但慕容德却推辞道："慕容宝一定还活着，只要他活着，这皇位就只能是他的，我不能僭越，若是此时我即皇帝位，是名不正言不顺的。"他坚决不同意即位。后来慕容垂的儿子慕容麟前来劝说慕容德南下："中山城覆没以后，北魏军队必定乘胜追击攻打邺城，虽然现在邺城中也储藏了不少粮食，但是邺城城池太大很难固守，加上中山城破后将士们士气低落，战斗力大大降低。不如趁着现在北魏军队还没攻过来，召集军队先行南下，占领黄河以南滑台（今河南滑县）一带，积聚实力，伺机而动，这是当下最好的选择了。"慕容德经过深思熟虑，最终同意了他的建议。

隆安二年（398），慕容德率领四万户、二万七千乘车，准备从邺城南迁至滑台。南迁路上要渡过大河，恰巧遇到大风，船都被吹翻了，但魏军在后面步步紧逼，大家都不知所措。结果当天晚上河面上结起了厚厚的冰层，慕容德一众顺利过了河，而次日清晨，魏军赶到时河面上的冰早已破裂。最终慕容德顺利到达了滑台，在部下的拥戴下自称"燕王"，设置百官。次年，滑台为北魏攻占，慕容德率众向东出发，征服了胶东各地。隆安四年(400)，慕容德正式称帝，国号为"燕"，定黄河南岸的广固（今山东青州）为都城，改年号为"建平"，南燕正式建立。

慕容德是一位贤德的君主，有一次宴请群臣时，问大臣们道："朕如今登上了王位，虽然比不过古时的圣贤，但每日恪尽职守，将南燕治理得也算昌盛安定，你们说朕可以和以前的哪位君主一较高下呢？"青州刺史鞠仲立即奉承道："陛下的丰功伟绩，是可以和光武帝相提并论的。"慕容德面露笑意，赏给了他一千匹帛。鞠仲难为情地说："这太多了，臣不敢接受。"慕容德开怀大笑，说道："卿的回答太过夸大，那我也用夸大的奖赏来回应你，你不要推辞！"韩范出来制止道："天子无戏言，忠臣无妄对。今天可以说君主和臣子做得都不对！"慕容德听了这话很是高兴，立即赏了他五十匹绢。此后，南燕大臣间兴起了直言不讳、争相进谏之风。

南燕疆域不大，其统治范围仅涵盖山东及江苏的一部分，在十六国时期实在是一个很小的政权。但因为慕容德广开言路、知人善任、体察民情，南燕出现了岁和年丰、兵强马壮、太平安定的景象。

6. 刘裕灭南燕"北划大河"

东晋末年，风云变幻，豪杰四起，其中就包括南朝刘宋的开国君主刘裕。刘裕（363—422），字德舆，彭城县绥舆里（今江苏徐州）人，东晋至南北朝时期杰出的政治家、改革家、军事家。

刘裕自幼家贫，以种地为业，也做过樵夫、渔夫和商贩，年少时贫苦的经历让他养成了奋斗上进的性格。长大后的他凭借显赫的军功，成了北府军的名将，总揽东晋的军政大权。势头正盛的刘裕开始筹划建立新的政权，为了取代司马氏的皇帝称号，赢得更高的威望，他将视线对准了位于黄河南岸的南燕。

慕容德建立南燕之后，因精心治理、用人得当，使南燕一度出现了强大昌盛的局面，但此时慕容德已死，南燕由慕容超当政。慕容超穷奢极欲，荒淫无道，他不辨忠奸导致官员之间出现了内斗。南燕朝局因此动乱不堪，矛盾重重，国力衰微。此外，南燕还不时进攻东晋的北部边境，掳掠财物人口，不断激化与东晋的矛盾，正巧给了刘裕出师之名。

义熙五年（409），慕容超不顾群臣反对，率军南下进占东晋城池，掠夺百姓，不久又攻入济南，向东晋吹响了开战的号角。此时东晋朝中官员各执一词，反对北伐者认为，虽然现在南燕国内动荡不堪，但毕竟当初慕容德已经为南燕打下了坚实的基础，且北伐需要跨过众多的险阻，贸然进攻恐怕会造成人员伤亡，对东晋不利。刘裕力排众议，言辞恳切地说道："慕容超昏庸无能，早已将慕容德建立的功业挥霍殆尽，加上此时正值南燕国内动荡不安，正是进攻的好时机。再说，南燕无端进犯我国疆土，是对我东晋的侮辱，如果不还击怎么能雪耻？如果这次不彻底打败南燕军队，恐怕他们会变本加厉，成为东晋的一大祸患。我发誓一定能带领晋军夺回疆域，大败燕军，不胜不归！"刘裕得到了东晋朝廷的支持，三月率军北伐南燕，渡过了淮水、泗水，攻克了琅琊（今山东临沂北），晋军军令严整，步步为营。

慕容超得知晋军北伐后，召集群臣商议对策。大臣们都认为大砚山是南燕的一道天然屏障，地势险要，据守大砚山即可阻止晋军北进。可惜慕容超是一个狂妄自大、疏谋少略的君主，他拒绝了臣子们的建议，放弃了大砚山，使晋军轻而易举地通过了大砚山，直抵临朐。随后，晋军与南燕主力在临朐南展开决战，从早晨打到日暮，始终不分胜负。这时，有谋臣向刘裕提出建议，南燕主力被牵制在此，何不派骑兵绕到敌军背后，突袭临朐城？刘裕采纳了建议。最终南燕主力被击败，慕容超率军退守广固。刘裕乘胜追击，攻克了广固外城，慕容超退据内城，刘裕筑起三丈高的长围，将慕容超围了个水泄不通。而慕容超依仗粮足草丰，坚守城池达半年之久。义熙六年（410），城中之人相继降晋，慕容超余众也被晋军虏获，南燕至此灭亡。东晋重新收复了山东。

随后刘裕加紧步伐，北伐消灭了后秦，"北划大河"，最终将黄河以南的大半个中国尽归一统。公元420年，掌握了东晋权势的刘裕，逼迫晋恭帝退位，建立起了刘宋政权。他执政期间，整顿吏治，振兴教育，轻徭薄赋，改善了社会状况，为"元嘉之治"打下了坚实的基础。明代人李贽称赞他为"定乱代兴之君"。

7. 李铣决河抗敌

唐乾元二年（759）正月，"安史之乱"中的第二号反唐首领史思明自河北率兵南下，一路烧杀抢掠，沿途百姓苦不堪言。很快，史思明的军队侵凌禹城。禹城作为一个小城，驻守在那里的军队人数很少，根本不是史思明的对手。禹城陷入了一片恐慌之中，百姓们将全部希望寄托在了当时的禹城守将李铣身上。

李铣面对这样的危急局势，一时想不出完美的抵御措施，于是召集部下紧急商议对策。在商议的过程中，李铣的脑海里有了一个想法，那就是以水拒敌，决边家口大堤，用黄河水抵御史思明的军队。可是，李铣心里明白，这样的做法虽然能够抵挡叛军，但是当地百姓也会因此失去长期生活的家园。犹豫再三，李铣说出了自己的想法。虽然大家都有同样的顾虑，但也实在想不出更好的对策，只能冒险一试。

李铣将百姓召集起来，郑重地对百姓做出承诺："现在史思明率领叛军来侵犯我们，但是以我们军队的实力实在是难以抵抗，所以决定决河抗敌。请大家放心，我一定会保证大家的安全，逼退叛军后也会还给大家一个更好的家园。"百姓们纷纷表示相信李铣，配合军队完成了撤离工作。百姓撤离之后，李铣下令在长清县的边家口决开黄河大堤。黄河水喷涌而出，禹城瞬间沉沦，化为一片汪洋。黄河水势不可挡，史思明带领的军队很快就被冲击得七零八落。士兵们在洪水中拼命挣扎着，来时凶猛的气势已荡然无存，史思明只得仓皇撤兵。这场人为制造的大洪水成功逼退了叛军，保护了禹城。在史思明的叛军被逼退之后，李铣第一时间慰问了当地百姓。百姓们并没有责备李铣做出的这个决定，也没有因为失去了自己长期生活的家园而沮丧。相反，他们由衷地感谢李铣，因为他们明白这个决定救了自己的命。

很快，李铣信守承诺，率领当地百姓同心协力在迁善村另建了新城，而之前的老城则成了军民一心、英勇战斗的历史见证。

8. 李存勖与后梁的夹河之战

天佑四年（907），朱温灭唐，中国进入五代十国时期，各地群雄纷起，相互攻伐。李存勖（885—926），五代时后唐开国皇帝，唐朝晋王李克用的长子。李存勖自幼精通骑射，胆识过人，骁勇善战，少年时即跟随父亲作战，得到了唐昭宗的奖赏。

李克用在世时与梁王，也就是后来后梁的开国皇帝朱全忠（朱温）积怨已久。李克用临死时，拿着三支箭对李存勖说："这三支箭，一支讨伐刘仁恭，一支击败契丹，还有一支用来消灭朱全忠！"开平二年（908），李克用病逝，李存勖承袭父位为河东节度使、晋王。他决心要实现父亲的遗愿，为父报仇。此后，李存勖励精图治，从严治军，身先士卒，带领将士们在战场上拼死奋战，势不可挡。在他的领导下，晋军南击后梁，北却契丹，东取河北，西并河中，使得晋国日益强盛。五代后梁龙德三年（923），李存勖在魏州（今河北大名县）称帝，建立后唐，建元同光，并加紧了消灭梁朝的步伐。

不久，梁将卢顺密叛降后唐，黄河南岸的郓州成了李存勖的驻军基地。为了夺回郓州，梁帝朱友贞派大将王彦章夺取黄河渡口，以此截断唐军的后路，进而消灭进入黄河南岸的唐军。随后，王彦章率领大军对黄河渡口发起了猛攻。是日乌云密布，黄河之水翻涌不断，大有将人吞噬之意。可是唐军面对敌人的猛攻和恶劣的天气却毫不退缩，士气高涨，前仆后继，双方进行了一场激烈的大战。虽伤亡惨重，但最终唐军保住了黄河渡口。此时，唐将李继韬在潞州（今山西长治部分地区及河北涉县）降梁，后梁在黄河以北也有了据点。为了趁势收复黄河以北的失地，朱友贞令王彦章、张汉杰率领一万人马进攻郓州，派段凝领兵五万渡河北上，攻击唐军主力，开展大规模的进攻行动。后梁叛将康延寿将梁军的计划告诉了李存勖，并且建议李存勖在梁军分兵进攻时，派五千精骑直捣汴梁，活捉朱友贞。李存勖非常同意这一建议。

九月，段凝领兵五万进到临河以南，王彦章的一万人马到达郓、兖境内。李存勖留下少量兵力据守魏州，亲率主力南下袭取汴梁。十二月二日，李存勖领兵渡过黄河，派李嗣源为先锋，率部先行渡过汶水。次日，李存勖到达郓州。四日天蒙蒙亮时，与王彦章的部队相遇，李存勖立即发起猛攻，旌旗猎猎，战鼓雷鸣，所向披靡，一举获胜，并乘胜攻克了中都，俘虏了王彦章。至此进军虽然顺利，但部分将领担心段凝回师汴梁会使唐军陷入困境，李存勖慎重考虑后说道："我们这一路走来，打了不少胜仗，也损失了不少良将，不乘胜追击何以慰藉他们的在天之灵。再说段凝已经北上很长时间了，我们出其不意直捣汴梁，就算他回师也为时已晚，汴梁必定是我们的囊中之物！"于是下令猛攻汴梁。七日到达曹州（今山东曹县），守军不战而降，唐军继续向前进发。

朱友贞得知王彦章被俘、唐军长驱直入的消息后，急调段凝回军援救，并强征民众守城。九日，李嗣源率先锋部队到达汴梁城，随即进攻北门，顺利攻下了汴梁，不久李存勖也率主力赶到。朱友贞逃往许州，不久便自杀身亡。十二日，段凝归降后唐。至此，李存勖父仇得报，彻底消灭了后梁，进一步统一了北方。

9.张荣率梁山泊水军抗金

靖康二年（1127）四月，金军大举南下，攻陷汴梁（今河南开封），俘虏徽、钦二帝及宗室三千余人北归，史称"靖康之变"。同年六月，宋徽宗之子赵构于应天府（今河南商丘）称帝，改元建炎。金军凭借强盛的兵力，拒绝南宋的求和，遂再度兴兵南下，所到之处烧杀劫掠，给当地人民带来深重的灾难，遭到北方各地人民的奋起反抗。其中，由水泊梁山的张荣领导、组建的起义军，在抗金过程中发挥了重要的作用。

张荣是梁山泊一带的渔民，以打鱼为生。金灭北宋后，他邀请好友孟威、贾虎、郑握商议道："金人侵我河山，行径野蛮，何不以梁山泊为根据地，打出'忠义'名号的旗子结交山东好汉，共同抵抗金人的侵略。"见几人心有所动，张荣继续补充道："梁山泊水域广阔，河港交错，湖汊纵横，我们虽然武器落后，但可以充分利用地形的优势，打击不习水性的金兵。"孟威等人与张荣意气相投，张荣的计划正中下怀，遂分头行动，招揽渔民义士加入义军。旗榜发出不久，义军已初见规模，在张荣的指挥下组建了一支梁山泊水军。水军队伍以梁山泊地区的渔民为主，他们深谙水性，熟知地形，经过短暂训练，便投入抗金斗争中，在金军南下的沿途设伏袭击，有力地牵制了金军的南侵行动。每次与金军作战，张荣身先士卒，作战骁勇，深得将士们的爱戴，遂声名远播，人送绰号"张敌万"。

建炎二年（1128），金军攻占东平府，为扫清南下伐宋的障碍，派将领赤盏晖、斜卯阿里集中精锐兵力围攻梁山泊。张荣带领梁山泊水军在河港湖汊的掩护下截击金军，与金军展开了殊死搏斗。奈何双方力量悬殊，金军的全力围剿与强力攻势，使得梁山泊水军受到重创，损失惨重。与此同时，完颜宗弼连克青州、临朐等城，击败数万宋军，随之山东各地的义军也被逐个击破，北方的抗金形势急转直下。据《金史》第三十卷记载，金军不仅招降了滕阳、东平、泰山等地的义军，而且大破义军于梁山泊，缴获千余艘船只。

建炎三年（1129）二月，金军攻占扬州，宋高宗被迫逃往杭州。为了保存水军主力，避免孤军奋战，张荣与众将士商议决定率军乘船沿泗水下游之清河南下，驻泊于承州（今江苏高邮）以北的鼍潭湖水域，以泥黏合茭草堆积成墙，筑成水寨，远近响应，众至万余人，并与宋承州守将薛庆取得联系，声势日盛。张荣组建的梁山泊水军对金军构成了严重威胁，成为金军南下攻宋的重要障碍。建炎四年（1130年）十一月，为彻底解除南下的后顾之忧，金左监军将领完颜昌（挞懒）趁湖水冻结之机，率军大举进攻鼍潭湖义军水寨。张荣深知战事不利，遂焚毁积聚粮草，引军撤至通州、泰州。十日后，泰州被攻陷，张荣又引军退至兴化境内的缩头湖，继续与金军对峙。

绍兴元年（1131）三月，完颜昌（挞懒）亲率战舰围攻缩头湖水寨，企图一举攻灭梁山泊义军。张荣率领梁山泊水军乘数十舟迎战，他发现金军以战舰作前导，深知无法与之对抗，转念心生一计。张荣胸有成竹地对部下说："不要担忧，金军只有几艘战舰而已，其余皆是小舟。我们首先要避其锋锐，利用金人不善水战的弱点，待湖水方退时，佯败弃舟上岸，引诱金军舟船驶至临岸水浅处，他们就会尽陷泥淖，不能自拔。这时我们再冲杀回去，一定会取胜的。"金军果然中计，张荣率领义军趁其混乱回兵反击，一鼓作气，大获全胜。此战杀死、溺死数千金兵，活捉完颜昌（挞懒）的女婿，沉重地打击了金兵的嚣张气焰。张荣乘胜攻破泰州水寨，收复了泰州，将完颜昌（挞懒）赶至淮河以北，淮河以南的淮南东路部分又重归宋朝控制。

缩头湖之战是南宋立国后取得的抗金战争的重大胜利。张荣获胜后，投奔刘光世，被朝廷委任为通泰镇抚使兼泰州知州，并总摄兴化等县事。其部属立功将士四千零二十九人也进宫受赏。缩头湖也因而改名为得胜湖。

五

河山壮观　钟灵毓秀

黄河下游地区钟灵毓秀，山河壮观，风景优美。两岸湖光山色，古镇渡口、名胜古迹众多，历史底蕴深厚。一望无垠的平原，起伏连绵的群山，以及碧波荡漾的泉湖河溪，造就了一幅山川锦绣、美轮美奂的黄河画卷。黄河下游丰富的人文胜迹与美丽的自然风光交相辉映，时刻都在熏陶、滋养着这片土地上忠厚、尚义、豪放的人民。黄河沿岸的巍峨群山、蜿蜒河流、名胜古迹、古镇渡口，令人应接不暇，流连忘返。

黄河（张磊摄）

（一）沿岸山峰

1. 隋文帝历山礼佛

隋代国祚短促，但却是佛教发展的重要时期。隋文帝是其中的关键人物。历山更是隋代佛教文化兴盛的重要见证。

历山，即今天的济南千佛山。因为传说舜曾在历山耕田，又名舜山、舜耕山。而千佛山的得名是因为隋文帝派人顺山势雕刻了数千佛像。隋文帝杨坚，弘农郡华阴（今陕西华阴）人，是中国历史上的一代有为之君。杨坚于开皇元年（581）代周立隋。他立隋后做的一件大事就是昭告天下，全面复兴佛教。这背后有较为复杂的原因。隋文帝的母亲笃信佛教，他自己也出生在佛寺。此前北周武帝强烈压制佛教，招致了广大僧人的不满。而隋文帝在历山礼佛的故事，就和自己的母亲有关。

隋文帝杨坚出生在冯翊（今陕西大荔县）的般若尼寺，并由比丘尼智仙抚养成人。在杨坚七岁时，智仙曾对他说："儿当大贵，从东国来，佛法当灭，由儿兴之。"杨坚在般若尼寺生活了十三年，这使得他受到佛教的影响很大。杨坚的童年经历也为佛教在隋代的兴盛埋下了伏笔。当杨坚在北周做丞相时，他就开始了推动佛教复兴的工作。杨坚建立隋朝后，沙门昙延听说政令变动，于是进言道："请求用佛法普度众生。"

文帝准奏，敕度僧一千多人。

隋文帝登基之后，一直没能找到他母亲吕苦桃的亲族。据传，有一次隋文帝梦到一尊巨佛。这尊巨佛宝相庄严，慈悲肃穆，霎时间佛光满堂。杨坚沐浴在佛光中，只感觉身体通透，心旷神怡。杨坚下意识地对着巨佛叩拜。"当往济水之南。"杨坚听到此话后一下从梦中惊醒，于是派人前往济南郡寻找其母的亲族，最终找到了他母亲的侄子吕永吉和吕道贵。开皇七年（587），隋文帝命人在历山的悬崖雕刻佛像，并建千佛寺以供奉香火。具体地址就是今天的千佛崖。

于是，数千名匠人手拿工具登上历山。一时间，凿石的声响震彻历山上下。这次开凿工程持续到开皇十五年（595），镌刻的佛像共九窟，一百三十余尊。极乐洞是主窟，中间阿弥陀佛盘膝禅坐，高三米，身后雕饰有佛光。左右两侧分别是观世音菩萨和大势至菩萨。这两尊菩萨在开皇十一年（591）凿成。开皇十三年（593），隋文帝和皇后一起施绢十二万匹，并令王公以下舍钱百万来振兴佛教。可以说，隋文帝在历山礼佛，是佛教在隋代发展的重要环节。

今天千佛山的兴国禅寺，始建于开皇年间，当时叫"千佛寺"。唐贞观年间，千佛寺的规模最大，始称"兴国禅寺"。宋代又加以扩建。宋末明初，因为战争和年久失修，千佛寺损毁大半。明成化年间，又进行了重修。时至今日，千佛山上的千佛崖还有隋代的石佛六十余尊。

千佛山是黄河下游地区的重要山峰，它本身承载着重要的历史文化内涵。从最早的舜亲耕于历山之下，到后来隋代的佛教文化，都是黄河文化丰富多彩的重要体现。

2. 梁山宋江起义

梁山，亦称"水泊梁山"，位于今山东省梁山县东南，由虎头峰、雪山峰、郝山峰、小黄山等七支山脉组成。梁山气势雄伟，山水相依，风光无限。梁山由于宋江起义而闻名于世。宋江是山东郓城县人，是古典小说《水浒传》中的宋江的历史原型。

北宋末年，朝廷内部奸臣横行，贪墨成风。北方边境不断遭到金人的侵略，宋廷武力不敌，不断割地求和。各种原因使得北宋内外交困。朝廷却又不断提高税赋，充盈府库，使社会矛盾进一步激化打鱼采藕都要按船纳税，这让当地百姓苦不堪言。于是宣和元年（1119）十一月，在巨大的税赋重压下，宋江等人揭竿而起，将反抗的大旗插到了梁山泊。早在神宗时期，由于黄河决口，大量河水涌入梁山，形成了一个大湖，名为"梁山泊"。这使得梁山在湖水的环绕下易守难攻。宋江智勇双全，颇有侠者的气概。不少百姓纷纷上山找到宋江，他们对宋江说："朝廷的赋税这么重，我们的日子实在是过不下去了，我们特意来投靠您。"宋江看着日益壮大的队伍，心中更加坚定了。百姓们拿起鱼叉、柴刀与前来镇压的官兵展开了英勇的斗争。他们每攻打下一个州县，便开仓放粮，救济穷人。宋江的实力日益壮大。

起初，宋江起义的消息传到京城后，北宋朝廷没有很重视。

宋徽宗只是命令东西路提刑督兵进行镇压。就在宋徽宗以为宋兵可以很容易就将宋江镇压的时候，宋江起义军大破宋军。在宋军的围追堵截之下，宋江等人依旧攻城略地，先后攻打了青州、济州、濮州、郓州，并将势力范围扩大到了河北各地。与此同时，方腊也在浙江起义，这令北宋朝廷十分恐慌。就在宋徽宗一筹莫展之时，侯蒙对宋徽宗说："宋江这些人能够在当地横行无阻，数万官军都拿他们没有办法，说明他们肯定有过人的地方，陛下不如将他们赦免，然后招降，命他们征讨方腊。"宋徽宗非常高兴，赞叹道："侯蒙在外地还想着我，真是忠臣啊。"但是就在侯蒙准备招降的时候，却因年老病发而死。

随后，宋徽宗命令海州知州张叔夜招降宋江。当张叔夜到达海州时，起义军正准备攻城。宋江等人决定从海上发起攻势，他们夺取了十艘大船。而张叔夜发布榜文进行悬赏，关胜、呼延灼、柴进、武松等人都在榜上。

夜晚，月明星稀，只有几只寒鸦在枯枝上默默注视着这一切。随后，张叔夜率一千余人在近城设伏。在将宋江等人引出后，张叔夜派人烧毁了他们的船只。一时间，猛火冲天，照亮了夜空。火光惊散了几只寒鸦，宋江等人也逐渐被官军冲散。宋江见局面已无法改变，只能接受招安。后来宋江再次起义，但很快就被镇压住了。

宋江等人在沉重赋税的压迫下，不畏强权，勇于反抗，他们的抗争精神、忠义思想在历史上留下了浓墨重彩的一笔，对后世的农民起义，如李自成起义、太平天国运动等产生了巨大的影响。后人根据宋江起义的故事不断进行创作。明人施耐庵便创作了文学史上的不朽经典——《水浒传》。

3. 药王孙思邈腊山采药行医

　　腊山位于腊山国家森林公园、山东省东平县西部，东临东平湖，西距黄河六公里。据记载，此山云雾缭绕，浮云映日，五彩缤纷，状若台蜡吐辉，所以被称为"蜡山"。后来"蜡山"演变为"腊山"。这里山雄峰秀，岩险石美，烟波浩荡，山水相接，百舸争流，次第成景。春则满山嫩绿，夏则苍翠铺地，秋则连峰赤黄，冬则萧瑟肃杀。腊山的自然、人文资源丰富，湖岸有"七十二峰"，重峦叠嶂，与道教建筑、石刻艺术融为一体。"小岱峰"悬崖高耸，奇松怪柏众多，自成一景，其下有祥龙观，为丘处机布道之处。出祥龙观而入云梯，西侧有药王庙。药王庙是借天然石洞建造而成，里面有药王孙思邈的塑像，庙前有一口水井。

　　孙思邈是北朝至唐初的医药学家，有"药王"的美誉。他幼时体弱多病，常年求医问药，为治病而罄尽家资。这段痛苦的童年经历在幼年孙思邈的心中播下了学医采药、治病救人的种子。孙思邈目睹了底层民众的困境，毅然决然地放弃了仕途，将扁鹊等名医作为自己的榜样，刻苦钻研医药典籍，立志要做一名"苍生大医"。他不只重视医术知识、查阅典籍，更注重亲身实践，遍历山川，采集药材。

　　孙思邈为方圆百里的百姓治病长达数年之久。相传，有一天，孙思邈和小药童一起进腊山采药。清晨的腊山，朝阳映照，雾气浸润，呈现出一派祥和的仙境之景，偶有几只飞鸟在林间啼鸣。孙思邈看着药筐中已经采到的金银花、何首乌、黄芩等药材，对小药童说："你看，这金银花有清热散毒、消炎退肿的作用，但脾胃虚寒的人不可用。何首乌则有补肝益肾、养血祛风之效，但有湿痰者不可用……"孙思邈就是这样在采药途中向小药童讲授药材的功效的。突然，他看到在前面高出的悬崖背阴处，生长着一颗灵芝。"哎呀！太好了，没想到这腊山是如此神奇之地，能够生长出这样的灵药，我的母亲正需要这灵芝治病。"孙思邈和药童来到悬崖顶上，看清灵芝的生长环境后，孙思邈长舒了一口气道："幸好这灵芝接近崖顶。"他俯身趴下，身体不断下探，最终采到了这株灵芝。

孙思邈拯救了许多人的生命，却从不收取报酬。当地百姓无不感念孙思邈治病救人的恩德，后来修筑了药王庙来供奉孙思邈。药王庙前的这口水井，夏天时清冽冰凉，冬天时温暖蒸腾，颇为奇特。相传孙思邈每次为病人开方抓药之后，就取此井水清洗、煎煮。井水终年清澈，长此以往，井水也闻名在外，方圆百里的香客纷纷前来取水讨药。这也使得药王庙的香火络绎不绝，终年不断。孙思邈以其高超的医药学造诣，被后世推尊为"药王"，以"大医精诚"的高尚医德，被唐太宗李世民称赞为"巍巍堂堂，百代之师"。

（二）泉泽湖泊

1. 巨野泽西狩获麟

"西狩获麟"发生在春秋末期鲁国西境的大野泽（又称"巨野泽"，今菏泽巨野县北部）。大野泽历史悠久，从记载看，最早可追溯到夏代。《尚书·禹贡》中记载："大野既潴，东原底平。"便是记述了大禹在大野地区治水的历史。西周时期，古济水和濮水交汇合流，源源不断的河水汇入大野，使得大野东北部的洼地连成一片湖泽，遂得名大野泽。《周礼·职方·兖州》记载："其泽薮曰大野。"

丰沛的水源，茂盛的植被，养育了各种珍禽异兽，同样，也吸引了打猎者。鲁哀公十四年（前481）春，在众多大臣的陪伴下，鲁哀公来到大野泽附近打猎游玩。人语马嘶，浩浩荡荡，一派热闹非凡的盛景。不久，有随从前来禀告，说："叔孙氏的家臣组商捕获了一只怪兽，它长着牛尾、马蹄、鹿身，头上长一肉角，众人都不知为何物。"孔子听说后急忙赶来，当看到眼前这只怪兽时，不觉心中一震，声音颤颤巍巍地说道："是麒麟、麒麟，是仁兽麒麟啊！"

麒麟，在先秦时期就被认为是"四灵"之一，是中国古代神话传说中象征祥瑞的仁兽。《诗经·周南·麟之趾》中就将

155

麒麟比作贵族公子，借助麒麟赞颂贵族子弟品德高尚。当时孔子正在编写《春秋》，深知麒麟的死一定是不祥的征兆，悲愤忧郁的情怀涌上心头，遂放声大哭道："吾道穷矣。"于是，孔子建议将麒麟就地埋葬，并筑高台抚琴作歌，以示哀悼之情。歌曰："唐虞世兮麟凤游，今非其时来何求！麟兮麟兮我心忧。"尧舜时代，世道太平，麒麟、凤凰等吉祥珍稀之兽鸟游于世间，受人保护。而今天下纷争，麒麟、凤凰等祥瑞之兽鸟也受到了伤害。望着去世的麒麟，真是令人心伤啊。孔子归国后决定封笔，也不再授徒。故有孔子"获麟绝笔"的说法。两年后，孔子郁郁而终。

"西狩获麟"成为中国历史上的一件大事。元、明、清时期的地方县志及相关碑刻，皆有"西狩获麟"之记载。在今巨野县麒麟镇陈胡庄村东 750 米处有一座麒麟台，史称"麒麟冢"，相传为春秋时期"西狩获麟"后麒麟的埋葬处。

2. 河决水归梁山泊

梁山泊，又称"梁山泺""水泊梁山"，位于原山东省寿张县境内（今山东省梁山县北、东平县西北和河南省台前县东南）。历史上的梁山泊是"梁山"和"水泊"的结合。"梁山"是由梁山、青龙山、凤凰山、龟山四座主峰及其支脉虎头峰、雪山峰、郝山峰、小黄山等组成。"水泊"最初位于古大野泽的下游，由古济水和汶水交汇而成。

真正促成"梁山"与"水泊"结合的，还要归于黄河。后晋开远元年（944），黄河在滑州决口，汹涌的河水奔腾而来，淹没了汴、曹、单、濮、郓等州县，洪水弥漫数百里，最终汇聚在梁山附近。此次滑州决口打破了原有的水系布局，将梁山南北的南旺湖、蜀山湖、汶水相贯连，逐渐形成了以环绕梁山为标志的水泽湖泊，即著名的"梁山泊"。

进入宋代以后，黄河决口更加频繁，梁山泊的水域面积也随之扩大。宋真宗天禧三年（1019）六月，黄河又一次在滑州决口。这次的决口地点位于滑州西北的天台山旁，滚滚的河水冲毁堤岸，淹没州城，最终倾泻到梁山泊。宋神宗熙宁十年（1077）七月，黄河在澶州曹村决口。这次严重的大决口不仅造成了数万民房、三十万顷良田被淹，而且改变了黄河的流向，使梁山泊成为黄河南流河道。自此以后，梁山泊水势大盛，南到今巨野县城十公里处，东南到嘉祥梁宝寺一带，东到梁山东北十公里处，流域范围达到了历史顶峰，遂有"梁山泊八百里"之说。

烟波浩渺、横无际涯的梁山泊受到了文人墨客的关注。北宋名臣韩琦出任郓州知州时，路过梁山泊，写下了《过梁山泊》一诗："巨泽渺无际，斋船度日撑。渔人骇铙吹，水鸟背旗旌。蒲密遮如港，山遥势似彭。不知莲芰里，白昼苦蚊虻。"苏辙有《梁山泊》一诗："近通沂泗麻盐熟，远控江淮粳稻秋，粗免尘泥污车脚，莫嫌菱蔓绕船头。"宋末元初的杂剧家高文秀在《黑旋风双献功》中描述梁山泊："寨名水浒，泊号梁山。纵横河港一千条，四下方圆八百里。"《忠义水浒传》第七十八回的开首赋中承袭了这一说法，曰："寨名水浒，泊号梁山。周回港汊数千条，四方周围八百里。""四下方圆八百里"与宋代梁山泊的历史记载相吻合。

斗转星移，河道迁徙。大定二十一年（1181），随着黄河改道南下，夺淮入海，梁山泊逐渐失去了水源补给，黄河携带的大量泥沙随之淤积，致使梁山泊的水域面积大大缩小。明清时期，梁山泊的壮丽风光早已褪去，仅剩下了几个分散的湖泽。

清初进士曹玉珂曾对《水浒传》中描述的梁山泊故事产生了质疑，他说："读施耐庵的小说，总有一点儿疑惑，当时在梁山造反的不过区区数百人，宋廷虽弱，但以天下之力荡平此地还是易如反掌的。作者写小说的目的当是讥讽宋朝统治者的失政，至于书中的人和事，一定是虚构的。"为了摆脱心中的疑惑，验证自己的推断，他在任职寿张县令期间，对治下的梁山进行了实地考察，并撰写了《过梁山记》。文中记载，曹玉珂来到梁山下，见到村落纵横，田野交错，心想：此山附近既无溪无泉，又无险可恃，宋江等人怎会在此安营扎寨呢？于是拜谒乡中长者，询问此事。长者闻之，会心一笑道："以前黄河流经此地，大水汇聚山下，环山而流，故以泊为名。梁山泊的险不在山，而在水啊！"见曹玉珂若有所思，长者继续补充道："书中的祝家庄，就是县西的祝口。书中的关门口，便是现在的李应庄。郓城中有曾头市。晁盖、宋江等皆有后人生活在郓城。武松打虎的景阳冈，就在现今的阳谷。"长者又向他讲述了梁山泊附近的战事，多与《水浒传》相合。

黄河造就了绵亘数百里的梁山泊，使得烟波浩渺的梁山泊成为《水浒传》故事的发祥地，而《水浒传》故事的流传也成就了梁山泊的盛名。

3. 李邕大明湖历下亭宴请杜甫

"海右此亭古，济南名士多。"这首耳熟能详的诗句已成为济南一张亮丽的名片，但很少有人关注到诗句背后的故事。

唐代天宝四年（745）夏，杜甫漫游路过济南，拜访了齐州司马李之芳。时任北海（郡治在青州）太守的李邕，是李之芳的从祖，听说了故友杜甫来济南的消息，便急忙从青州赶来相聚。年近古稀的李邕到达济南后，在历下亭摆设宴席，宴请杜甫及济南名士。一场迎宾与叙旧交织的宴会，在碧波环抱的历下亭徐徐拉开帷幕。他们觥筹交错，谈古论今，酬答唱和，抒发心情。

不知不觉间，夕阳的余晖洒落在波光粼粼的湖面上。李邕与杜甫望着优美的湖光水色，纷纷陶醉其间。这时，兴致正浓的李邕提起酒杯对杜甫说道："面对此情此景,何不作诗一首？"杜甫知盛情难却，他望着夕阳下游荡的渔船、湖中微晃的荷花和芦苇，以及在座的诸位名士，诗兴大发，即席赋诗一首：

> 东藩驻皂盖，北渚凌清荷。
>
> 海右此亭古，济南名士多。
>
> 云山已发兴，玉佩仍当歌。
>
> 修竹不受暑，交流空涌波。
>
> 蕴真惬所遇，落日将如何！

贵贱俱物役，从公难重过。

李、杜宴饮赋诗历下亭，让这座"海右古亭"从此声名远扬，而"海右此亭古，济南名士多"一联，也让这场古亭名士的宴会，成为后世文人传唱、歌咏、追忆的对象。

北宋神宗熙宁初年，曾巩出任齐州知州，曾取杜甫此诗中的"北诸凌清荷"一句，在济南建造了北诸亭，还取"济南名士多"一句，将自己的书房命名为"名士轩"。

饱经沧桑的历下亭，几度兴废变迁。但李、杜诗酒酬答的昔日盛宴，仍是文人心中遥想追思的对象。康熙三十二年（1693），山东盐运使李兴祖在大明湖中岛上重建了历下亭，并作《重葺古历亭碑记略》记录此事。竣工后，山东按察使喻成龙邀请蒲松龄来济南做客。在喻成龙的盛情邀约下，蒲松龄作《重建古历亭》一诗，追忆李、杜的历下古亭盛会。诗云：

大明湖上一徘徊，两岸垂杨荫绿苔。
大雅不随芳草没，新亭仍傍碧流开。
雨余水涨双堤远，风起荷香四面来。
遥羡当年贤太守，少陵嘉宴得追陪。

这场历下古亭的诗风流韵，引得历代文人沉醉其中，也让"海右此亭古，济南名士多"成为传诵古今的名句。此联由清中叶大书法家何绍基书于历下亭南门两侧，至今仍在。

4. 清帝御笔趵突泉

清朝有两位皇帝对趵突泉情有独钟，一位是康熙皇帝，一位是乾隆帝。

康熙二十三年（1684）十月，康熙皇帝南巡至山东济南府。他一边听着地方官员陈述山东地区的风土民俗，一边观赏着趵突泉的美景。随着三泉奔涌的景象映入眼帘，康熙皇帝被深深吸引了。他默默注视了良久，转身面对随从的大臣们说："如此美景，众位爱卿何不题字以记之？"面对康熙皇帝的谕令，各位大臣绞尽脑汁。据《山东通志》记载，大学士明珠第一个站出来，题曰"泺澜"；掌院学士常书和孙在丰以"飞泉""飞涛"题之；内阁学士麻尔图名之"漱玉"。随后，高士奇、介山、伊桑阿、孙果等大臣亦相继提出自己的观点，如题曰"珠渊""洄瀑""溅雪""扬清"等。听了众大臣的说法，康熙皇帝会心一笑，命侍臣拿来纸笔，亲书"激湍"二字。随行大臣见后，纷纷赞不绝口。此时的康熙皇帝兴致不减，随即又御诗一首：

> 十亩风潭曲，亭间驻羽旂。
>
> 鸣涛飘素练，迸水溅珠玑。
>
> 汲杓旋烹鼎，侵阶暗湿衣。
>
> 似从银汉落，喷作瀑泉飞。

康熙四十二年（1703）正月，康熙皇帝第四次南巡时再度经过济南，望着趵突泉美景，御笔亲题"源清流洁"四个字，并赋诗"源清分流白云洁，不滤浮沙污水涡"，足见康熙皇帝对趵突泉的喜爱。

乾隆帝非常敬仰他的祖父康熙，曾效仿康熙六次南巡，在巡幸期间时常歌咏同一景致。乾隆十三年（1748）初，乾隆皇帝首次南巡经过济南，望着趵突池中三泉喷涌、势如鼎沸的壮观景象，想起了祖父曾作诗赞颂趵突美景，遂提笔写了《恭依皇祖〈趵突泉〉诗韵》一诗。接下来的几天里，乾隆皇帝相继游览了珍珠泉、大明湖、百花洲等地，但唯独对趵突泉意犹未尽，故在离开济南之前，再度莅临趵突泉，并作《再题趵突泉作》一诗，表达对趵突美景的青睐。诗曰：

> 济南城南古观里，别开仙境非尘市。
> 致我清跸两度临，却为突泉三窦美。
> 喷珠屑玉各澜翻，孕鲁育齐相鼎峙。
> 汇为圆池才数亩，放浟达江从此始。
> 朱栏匼匝接穹楼，祀者何仙钟吕子。
> 曲廊蜿蜒壁勒字，题咏谁能分姓氏。
> 过桥书室恰三楹，砚净瓯香铺左纸。
> 拈咏名泉亦已多，汎兹实可称观止。
> 曾闻地灵古所云，屯膏殄享恐非理。
> 拟唤天龙醒痴眠，今宵一洒功德水。

这次游览给乾隆帝留下了深刻的印象，就像诗中所说"我一生歌咏过的名泉有很多，但自从看见趵突泉后，就觉得其他的泉不必再看了"。于是他大笔一挥，把"天下第一泉"的美名封给了趵突泉。

（三）古镇渡口

1. 泺口古渡船运忙

"泺水发源天下无，平地涌出白玉壶。"泺口古渡历史悠久。《春秋》中载，鲁桓公十八年（前694）"公会齐侯于泺"。北魏《水经·济水注》中记载，泺水"又北，流注于济，谓之泺口也"。清末文学家刘鹗的代表作《老残游记》的第四回《宫保爱才求贤若渴，太尊治盗疾恶如仇》中提及："出济南府西门，北行十八里，有个镇市，名叫雒口。"文中的"雒口"便是如今堪称"山东黄河第一渡"的"泺口"渡口。

早在汉代，泺口就是外出济南国的重要码头，是今山东地区的一个交通咽喉要塞。到了宋代，大清河夺济水河道，古济水演变为大清河。泺口占据两河交汇的有利地势，变成了大清河上的一个重要码头。元代，泺口是官盐集散地，货栈酒楼林立，商业氛围浓厚，并在明代时更加繁华。当时泺口就是济南周边盐运的转运站，山东盐运使司也因泺口渡口船运方便而在这里建立盐仓，向周围辐射运送。药材、毛皮等贵重货品也都由这里运向四方，泺口因此成为商贸中心。清代，黄河在河南兰阳铜瓦厢决口，经利津入海，泺口的辐射区域再次扩大，成为黄河上的重要渡口、商业中心。此时，泺口的航运业务向黄河上游可以到达河南、山西等地，顺流而下则可与海运接轨。泺口一带的集市星罗棋布，各行各业种类齐全，人口众多，有"小济南"之称，泺口也因此发展为近代最重要、最繁华的航运重镇。

1906 年，泺口的发展开始突飞猛进。为了追随现代化发展的脚步，泺黄支线修建完成，连接了小清河泺口码头和黄台码头。此外，这条铁路还与胶济铁路相连，将泺口接入胶东半岛与济南的辐射圈中。此后泺口的发展速度更快、质量更高，大大助推了济南的经济发展。直到今天，泺口浮桥仍在发挥作用，泺口码头是北出济南的重要门户，是济南的一道独特的风景线。

泺口浮桥（肖东庆摄）

泺口古渡，是万里黄河中很普通的一处。它既没有壶口瀑布飞流直下的汹涌澎湃，也没有长城古渡的奔腾雄风，它只是默默地滋润着大地，滋养着绵延千年的齐鲁文明。

2. 齐桓公鄄城主持葵丘会盟

春秋时代，周王朝由盛转衰，王室日益衰微。诸侯相互征伐，战争频繁。齐桓公打出"尊王攘夷"的旗号，在管仲的辅佐下成为春秋首霸。

齐桓公，姜姓，吕氏，名小白。早年齐国发生内乱，小白在鲍叔牙的保护下逃到莒国避难，留下了"勿忘在莒"的美谈。在齐襄公和公孙无知相继死去后，他率先回国继承了君位。他在任内打出"尊王攘夷"的旗号以"九合诸侯"，成为中原第一个霸主，受到了周天子的封赏。葵丘之盟就出自这一时期。这次会盟也使得齐桓公达到实力的顶峰。

这次会盟的起因是周惠王想废掉太子姬郑，立姬带为太子，齐桓公为保全太子的地位，以诸侯要拜见太子为名，联合宋公、陈侯、卫侯、郑伯、许伯、曹伯在首止会盟，周太子姬郑也前来会盟。当时的周惠王忌惮姬郑，便劝郑国不要参与结盟。于是剩下的七位诸侯缔结了盟约，共同辅佐太子。不久，周惠王崩，姬郑即位，是为周襄王。襄王对齐桓公十分感激。于是，公元前651年，齐桓公召集鲁僖公、宋襄公、卫文公、郑文公、许僖公、曹共公等在葵丘会盟。周天子派宰孔前往。齐桓公多次与诸侯会盟，以葵丘会盟最盛。齐桓公对各国国君说："要

葵丘会盟台遗址纪念碑（毛宁供图）

诛责不孝之人，不准更换太子，不准以妾代妻，尊贵贤人，养育人才，不要四处建堤，不要阻止邻国采购粮食……"其他诸侯国国君纷纷表示赞同。齐桓公将盟书放在捆绑的祭品上，并没有歃血为盟。因为桓公相信诸侯不会违约。这些内容，有的是为了经济上相互合作，有的是为了维护邦国稳定，有的是为了维护宗法统治秩序。当年九月，诸侯又在葵丘进行会盟。

相传，当时的会盟地位于今天的山东省菏泽市鄄城县旧城镇葵堌堆村。鄄城的葵丘不仅是诸侯多次会盟的地方，而且筑有会盟台。葵堌堆因齐桓公与诸侯多次在这里会盟而倍受后人注目，先后有祠庙落成。据记载，葵堌堆旁曾有桓公庙、关帝庙、塔院寺等古迹，但因黄河决口，河水漫流，葵堌堆紧邻河道，古建筑被冲毁，遗址被深埋于地下。现仅存少许遗迹。

3. 东平州城兴府学

金元之际，黄河下游地区山东境内有一个人杰地灵的地方，诞生了一个重要的学术教育机构——东平府学。东平府学作为古代官办教育机构，培养了大批杰出的人才，在元初形成"今内外要职之人才，半出于东原府学之生徒"的盛况。

东平原有府学位于东平城内。北宋时期，集贤殿大学士王曾被罢官外放知郓州，他置学田以供养府学。后蒙军南下，与当时占领东平的金朝在此交战，东平府学一时毁于战火之中。元代，东平府学在短暂的沉寂后迎来振兴。蒙金混战时，地方豪强并起，长清令严实趁机崛起，成了控制东平的一方势力。他最终归降蒙古，进驻东平，先后被任命为千户、万户，治理东平及其周围地区。这时，众多儒士为了躲避战乱而汇聚到局面相对稳定的东平。

严实聘任宋子贞、元好问、商挺等名儒为府学主管和教授，追随其多年的著名散曲家杜仁杰也曾在这里任教。此外，经义进士王磐、辞赋进士刘肃、泰和进士张特立、正大进士徐世隆等也先后聚于严实门下。一时间，八方学子慕名前来，东平府学规模扩大。在朝代更替、时局动荡之际，东平地区政局稳定，风景优美。严实兴办教育的业绩尤为显著，使得东平府学成为教育和文化发展的重要力量，也奠定了元代东平文化的重要地位。严忠济接替父职统治东平时，复兴府学的基础已经趋于稳固。东平府学生徒最多时达数千人，原有学舍无法容纳，于是另选新址筹建了规模更大的新府学。自元宪宗二年（1252）起，历时三年，东平新府学扩建完工，成为山东西部地区学府之冠。统治东平达四十三年之久的严实父子使东平府学进一步走向繁荣。

元世祖至元二十五年（1288），历城（今山东济南）人张养浩以《白云楼赋》等作受到山东按察使焦遂的赞赏和推荐，来到东平任府学学正。张养浩鼓励开办塾学，增设书院，主导乡试公平公正，强化生源管理，推行训导制度。一时间东平学风更趋兴盛，也开创了东平府学的新局面。张养浩因才华出众、政绩突出，于至元二十九年（1292）离开东平，进京为官从政。元中统、至元年间，宋子贞、王磐、徐世隆、李昶等名儒也先后离开东平为官从政，府学的教育力量受到一定程度的削弱。后来，从东平入职翰林院多年的王磐、曾任山东东西道提刑按察使的李昶，在晚年又回到了东平，持续关注府学教育，使东平府学的教育质量在相当长的时间内始终保持较高的水平。

元好问游东平时吟诵的"高城回首一长嗟""市声浩浩如欲沸"等诗句生动地描述了东平的繁华热闹。元代袁桷说："朝廷清望官，曰翰林，曰国子监，职诰令，授经籍，必遴选焉。始命，独东平之士十居六七。"这句话充分说明东平府学对元代文坛的重要性。金元之际的东平府学不仅在山东学术史上地位十分重要，在文化史上也承前启后，为保护和发展传统文化做出了重要贡献，而且对黄河下游地区的思想文化的繁荣有巨大的影响。

六

文化艺术　灿烂辉煌

在浩荡黄河的滋养下，齐鲁大地底蕴深厚，孕育出无数仁人志士、墨客文人。有的提出了精妙深邃、影响深远的学说思想，有的创作出了脍炙人口、流传千古的诗文名著，还有的留下了技艺高超、大气磅礴的碑文画卷，他们共同书写了壮丽的黄河华章。黄河下游灿烂辉煌的文化在中华文明的历史长河中熠熠生辉，其自强不息的刚健精神、厚德爱民的仁道精神、崇尚气节的爱国精神及勤劳智慧的创造精神，历久弥新，鼓舞后人。

（一）神话传说

1. 河伯冯夷

古时候，黄河经常泛滥成灾，威胁着人们的生命安全。传说，当时的人们对黄河水患束手无策，只能寄希望于天上的大神——玉帝。人们祈求玉帝能够惩治黄河，为人间降下福泽。玉帝面对人间百姓的祈求也很苦恼，所以决定从凡人中选拔出一个黄河水神，也就是河伯。

农历八月上旬的庚日，玉帝一大早就下凡寻找适合担任黄河水神的人选。按照《清泠传》和《抱朴子·释鬼》中的记载，弘农郡华阴县有一个农民，名叫冯夷，他整日服用一种名叫"八石散"的药方以求成仙得道，但这天他在渡河的时候溺水而亡。玉帝得知冯夷一心渴望成仙，而自己又正在挑选合适的黄河水神，于是就决定让冯夷试试。冯夷知道自己可以成仙，高兴得语无伦次，一个劲地磕头拜谢玉帝。玉帝一挥手，冯夷便褪去了凡人的模样，变成了人面鱼身的神仙。玉帝草率地任命了冯夷，他对冯夷的人品一无所知。《穆天子传》中说："阳纡山，是河伯所居住的地方。"冯夷成仙后就居住在此山之上，整日游山玩水，滥用法力折腾百姓，将治理黄河的重任抛之脑后。

玉帝知道冯夷的行为之后大发雷霆，并对其进行了严厉的警告和教育，让冯夷明白了自己作为河伯的责任。冯夷从玉帝那里回来后，一改之前的懒散性情，开始谋划治河大计。按照玉帝的指点，冯夷开始画河图。但是画河图是一件很困难的事情，他要亲自去勘测黄河每一处的真实情形。等到河图画完，河伯也已精疲力尽，无法再去按照河图去治理黄河了。于是，河伯想要找一位有能力的人，将河图传授给他，让他替自己继续治理黄河。

不料，这位能人一直未出现。在等待能人的几年里，面对黄河的屡屡泛滥，河伯已是有心无力。但百姓们不知情，纷纷谩骂河伯不尽责。年轻气盛的后羿更是看不惯河伯，有一天，他设计引出河伯，并射瞎了河伯的右眼。这一切被站在岸边的大禹看到了，大禹大声诉说着河伯这些年来的艰辛。后羿听到后十分后悔自己的莽撞，向河伯承认了过错，河伯也没有怪罪后羿。大禹告诉河伯："我是大禹，我听说了您为治理黄河所做出的努力，非常敬佩您。我知道您正在寻找能接替您继续治理黄河的人，我愿意试试。"河伯欣慰地拍了拍大禹的肩膀，郑重地将河图交到了大禹手中，与大禹共同谋划接下来的治河之策。大禹谨记河伯的教诲，按照河图了解了黄河水情，日夜不停地治理，终于取得了成功。

2. 董永遇仙

东汉时期，在青州府千乘县有一户贫苦的家庭。母亲去世早，年幼的董永与父亲相依为命。父亲一边要照顾年幼的董永，一边又要不停劳作。随着董永一天天长大，日子虽然过得艰苦、清贫，但父子俩从未抱怨过。不过，上天似乎并未眷顾这对苦难的父子，父亲因多年的付出积劳成疾，卧床不起。

为了给父亲治病，董永花光了家里的积蓄。年轻的董永默默承担起了家庭的重任，经常外出帮人做工。每到农忙时节，他都会用小车推着父亲到田间树荫下，边做农活边照顾父亲。山东省嘉祥县东汉武氏墓群出土的汉画像石刻中就生动地刻载了董永"鹿车载父""肆力田亩""象耕鸟耘"的故事。

虽然董永辛勤耕耘，赚钱买药，但父亲的身体依旧每况愈下，不久便撒手人寰了。父亲病逝后，董永悲痛万分，虽然已经家徒四壁，但他不愿让劳苦一生的父亲被草草下葬。经过短暂的思考，他决定以"卖身"的形式安葬父亲。

董永来到县中的大财主家,陈述了自己的想法:"我的父亲一生受尽苦难,现在他去世了,我不想草草将他安葬,请求您为我提供办理丧事的费用,我将以身抵债。"望着董永诚恳又坚毅的眼神,财主深受感动,决定解囊相助。

董永安葬好父亲,守丧结束后,便起身向财主家走去。路上,董永遇到一个年轻女子,女子询问他的去向。董永坦然说道:"我要去财主家做仆役,回报他对我葬父时的资助。"女子点了点头,说:"我会织布,愿意做你的妻子,随你一起前去。"

见到财主,董永深鞠一躬,说:"承蒙您的恩惠,让我得以安葬父亲。我虽然贫困无知,但父亲从小就教育我要知恩图报。今后我一定会尽心尽力服侍您,报答您的恩德。"财主看了看董永和女子,问道:"会做什么?""会织布。"女子抢先答道。财主想了想,说:"那好,让你的妻子织一百匹细绢来偿还你的债务。"没想到一年的工作量,女子仅用十天就织完了。看着董永惊讶的表情,女子会心一笑,说道:"我是天上负责纺织的仙女。因为你的孝行感动了天帝,特派我来帮助你偿还债务。"

董永遇仙的传说在黄河下游一带广为传颂。三国时期的曹植曾作《灵芝篇》赞咏此事,诗中有云:"董永遭家贫,父老财无遗。举假以供养,佣作致甘肥。责家填门至,不知何用归。天灵感至德,神女为秉机。"随着董永的故事在民间广泛传播,故事的内核也由孝道逐渐演绎为七仙女下嫁董永的爱情故事。

3. 菏泽龙王庙会

自古以来，兴云布雨的龙神在山东地区被广泛祭祀。其中，位于山东省菏泽市龙王冯村的龙王庙便是典型，而龙王冯庙会也成了当地逢年固定举办庆典的传统节日。

龙王庙位于菏泽市牡丹区西南二十多公里王浩屯镇刁屯河东的龙王冯村，庙门高高耸立，极为壮观，庙宇院落约占地五亩。有一古潭静静坐落于庙内，大家都称之为"龙坑"。庙院北侧建有一座大殿、一座配殿。大殿之前有一引道，中有迎接香客的彩棚。顺着彩棚向后，赫然呈现眼前的是三座龙宫大殿。大殿中央一金色龙王塑像面南正坐，有廒山图景绘于其后。大殿东侧塑有一老翁，长有青色胡须，眉目慈祥，面带喜色。大殿西侧二位侍者并立，南侧侍者名为牛头爷，震慑力极强，似欲除暴安良，手中执有三股钢叉；北侧侍者名为夜叉爷，怒睁二目，似欲为善人打抱不平。大殿四壁皆绘龙王传说中的各种图形，光怪陆离，栩栩如生。大殿左侧有一配殿，挂有一副对联："询野老村农羡冯家为东道主，抚残碑断碣知焦姓乃上方神。"

相传，龙王冯村的祖先名为冯重礼。明孝宗弘治年间，冯重礼带领族人从外地迁到此处，并逐渐开垦土地，建立起了这座庄园。此地原是黄泛区之遗址，地势较为低洼，盐碱地多，因此人们将这里命名为冯家洼。明武宗正德七年（1512），一位自称焦三的壮汉来到冯家洼投宿，并且提出自己愿意帮助冯重礼种地劳作，以报答借宿之恩，冯重礼欣然应允。自此之后，焦三便起早贪黑地卖力干活，无论是农地刨种还是播种粮棉，全部做得井井有条，且十分到位。但令人感到惊异的是，每逢天旱苗枯，焦三却总是能兴云布雨。

有一天，焦三为冯重礼开垦了一片红高粱地，占地约十八亩。而焦三在疏苗时，只在地中留下了五棵苗——四个角各一棵，中间一棵。冯重礼见了有些恼火，没好气儿地对他说道："锄得倒是不错，就是留苗太稀。"焦三听后便随即把地角的四棵苗全锄掉了，冯重礼见状气得差点儿破口大骂，但想到他之前的辛苦种种，还是无言而终。此后，这棵独苗长大了，高粱秆长得竟然像屋梁一般粗。到高粱抽穗时，更加令人不可思议，只见其远看似一片火烧云，近观似一团红玛瑙。焦三慢慢摊平这十八亩地，便上到了高粱棵上，将枣木杆子抡开一甩，高粱粒便像大雨一般倾落，竟足足落了一米多厚。焦三大声喊道："东家，我看你应该也要不了这么多，那我就将其他的向外倒吧。"话刚落音，只见焦三把枣木杆子向东南方向又一甩，哗的一声，一团团红色云雨便向东南方向飞去，使得东南百里以内的高粱整整丰收了长达三年之久。随后，焦三在冯家做短工约定的三年期至，他便与冯重礼许下约定，阴云密布、雷雨交加时再相会。两人说完后，天空突然发出隆隆的雷声，焦三便瞬间腾入云雾之中，杳无踪影。冯重礼这才知道，原来焦三其实是龙王的化身。

后来，冯家洼百姓为了答谢龙王对他们的恩情，便在冯家洼村的南面建了一座龙王庙，并立下石碑，篆刻碑文，冯家洼也自此改名为龙王冯。只是令人叹息的是，那时的庙宇、石碑及《康惠龙王传》，在后来的战乱中全部被损毁，目前留存下来的只有光绪三年（1877）御笔题字"泽沛苍生"的一块金匾。后来龙王冯附近的百姓对龙王庙进行了修复，以纪念这其中的传奇故事。

（二）圣贤行迹

1. 孔子临河而叹

晋国执政的赵鞅（即赵简子）率兵攻打范氏、中行氏。范氏的家臣佛肸本来担任中牟（晋邑，在今河北邢台、邯郸之间）这个地方的邑宰，便趁此机会在当地反叛了。

佛肸久闻孔子的盛名。当时正值孔子不愿在卫国参政，于是他想要趁势邀请孔子前去帮忙。孔子从中看到了实现自己的政治主张的希望，便有意答应这个邀请，想要动身前往。但子路认为老师去佛肸那里，是在协助反叛之人，便质问孔子道："以前我听夫子您说过：'亲身做坏事的人，君子是不去投奔他的。'那么现在，佛肸占据中牟反叛，您却要去帮忙，这又该如何解释？"意思是说孔子违背了自己主张的不入无道之地的原则。孔子说："我确实说过这番话。但人们不也说过有坚硬的石头吗？磨都磨不坏。人们不还说过有种洁白的石头吗？染也染不黑。我怎能像一个瓠瓜那样，只挂在藤蔓上而不能食用呢？"孔子坚信自己这样的君子一定能坚贞不渝，出淤泥而不染，不会被环境所左右而玷污自己的名声，因此他想要抓住这个机会，施展抱负。或许是长期游历各国，却一直没有得到施展才华的机会，又见到自己一天天老去，实行仁政、革新政治的心情更加急迫。尽管孔子对佛肸之召很心动，但最终还是因佛肸之召不妥而没有前去。

孔子未能成行，率领弟子往来于陈、蔡两国之间。世上没有不透风的墙，名人的一言一行向来又是焦点所在，传播者更多。孔子曾有意前往中牟帮助佛肸一事最终传到了赵鞅耳中，加上孔子反对卿大夫取代国君执政，引起了赵鞅的怨恨。

后来赵鞅想要专政，便对他的亲信说过这样一句话："赵有犊犨，晋有铎鸣，鲁有孔丘，我要是能杀了这三个人，就算要统治天下也没什么问题。"有一次，赵鞅假称要向犊犨、铎鸣二人"问政"，谁知竟借故杀害了他们。之后赵鞅又派使者去聘请孔子前来晋国。使者临行前，赵鞅下了一道命令：如果孔子应聘前来晋国，就趁着他坐船渡过黄河时，将他推下河。

由于赵鞅行事隐秘，犊犨、铎鸣二人被杀害的消息并没有传到孔子耳中。所以一开始，孔子听说犊犨、铎鸣两位贤臣受到了赵鞅的重用，而二人的施政理念正好与自己相同，不疑有诈，便真心答应了。他本来满怀希望地向西而行，可是走到黄河边时，却听到了一个令人震惊的消息：两位贤臣竟被赵鞅杀害了。于是孔子面对黄河感叹道："美哉水，洋洋乎！丘之不济于此命也。" 这句话的意思是说，黄河的水浩浩荡荡，是多么壮美啊！可惜我却不能渡过它，这都是命中注定的事情。子贡听了很是不解，于是快步上前问道："请问您指的是什么？"

孔子回答说："犊犨、铎鸣二人，乃是晋国非常贤能的大夫。赵简子没有得志的时候，有了二人的襄助才取得了大权；等到他得志时，大权在握，就杀死了二人。我听说，剖腹取胎，杀死幼兽，麒麟就不会到该国的郊野；竭泽而渔，一网打尽，蛟龙就不会潜于该国的深渊调和阴阳；倾覆鸟巢，打碎鸟蛋，凤凰就不会飞到该国降下祥瑞。这是什么缘故呢？因为君子忌讳伤害他的同类啊。鸟兽对这些不义之举尚且知道回避，何况是我呢！"

两位贤臣之死让孔子感到心灰意冷，前途未卜，他打消了原本的念头，掉头返回。到达住宿的地方后，他还谱了一首琴曲，来哀悼两位遇害的贤大夫。最后，孔子没有渡河去晋国见赵鞅，赵鞅的阴谋自然也宣告失败了。

孔子临河而叹，后世倚河而思。诞生在黄河流域下游沃土上的孔子儒家学说以厚重的文化底蕴滋养着后人。

孔子像（原图藏台北故宫博物院）

2. 子夏西河授学

子夏作为孔子晚年的得意门生，才思敏捷，以"文学"著称。子夏为学时，因常有独到见解而得到孔子的赞许。

公元前424年左右，魏文侯尊孔子弟子子夏为师。《史记·仲尼弟子列传》载："孔子既没，子夏居西河教授，为魏文侯师。"这是关于子夏退老于西河的最早记录。子夏是卫国人，此时已经是八十多岁的老人。子夏到西河讲学后，谋求发展的士人纷纷转入西河学习，由此形成了战国初期的一个学术重镇——西河学派，也称"西河之学"。西河，说的是魏国西河（魏国境内黄河沿岸地区）。孔子去世后，子夏一度居住在鲁国，授徒讲学。至于子夏不顾年迈跑去做魏文侯的老师，跟魏文侯礼贤下士的态度是分不开的。

韩、赵、魏三家分晋之后，魏国成为新晋的诸侯。三家中魏国的实力最强，魏文侯也一直有称霸的雄心。霸主当然需要全方位的领先，不仅政治、经济、军事实力要强大，文化也要繁荣。于是，魏文侯的弟弟魏成子拿出自己食禄的九成，请来了子夏、田子方、段干木三位贤人。其中，子夏是孔子弟子，地位最高。子夏在西河开坛讲学，治学严谨，敢于质疑经史之谬误，据说鼎盛时期有弟子三百人。

子夏很清楚魏文侯的志向，抓住各种时机，给魏文侯讲为君之道。比如，在听音乐的时候，子夏对魏文侯说："听见钟声要想到武将，听见磬声要想到管理地方的大臣……不能只听音乐，要想到其中的含义。"子夏对魏文侯可以说是努力劝导。

子夏像（原图藏台北故宫博物院）

在西河讲学期间，子夏的儿子去世，子夏哭瞎了双眼，但是他仍然坚持讲学，这一做法不被他人理解，受到了其他孔门弟子的非议。在子夏的儿子死后，有同门前来探望。子夏想起早逝的儿子，哭着说："老天！我没有罪过啊！"同门一听这话生气了，说："您怎么没过错？我们早年都跟随老师学习，后来你回到西河讲学，当地人只是尊你为师，没有人知道孔夫子了，这就是你的过错！"可见，子夏西河讲学影响很大，以至于在魏国的名声都快超过孔夫子了。

孔子很了解子夏，曾特意叮嘱过他："欲速不达，见小利则大事不成。"这就是在告诉子夏，遇事不要急，不能只看政绩，要做君子儒，不要做小人儒。但撇开这一点来看，子夏授学确实为魏国培养出了不少人才。魏国名将吴起、中山国相李克等人，都是子夏的学生。

子夏在西河讲学，除了传授儒家的"六经"，也主张用赏罚鼓励向善的风气、制止恶劣的行为。魏国在战国群雄中率先开展变法，很大程度上和子夏西河学派引领的风气有关。

在孔子众弟子中，能把孔子的思想发扬光大并对当时的社会政治产生重要影响的，就有子夏。因为子夏在西河讲学期间整理儒家经典，传播儒家文化，广收弟子，并得到了魏文侯的支持，形成了以子夏为首的西河学派，不仅对魏国初期的变法改革起了积极的作用，更是开了三晋儒学之先河。

3. 子羽携玉渡河

春秋时期，鲁国武城有一位男子，名为澹台灭明。澹台灭明，字子羽，虽长相丑陋，但有勇有谋，德行高尚。

传说，当时的黄河河神品行低劣，经常滥用自己的法力在黄河上兴风作浪，打劫钱财，渡河的人们都不敢携带贵重物品，因为一不小心就会人财两空。品德高尚的子羽听说之后很气愤，于是便决定好好教育一下这个河神。前一天晚上，子羽派遣两个人到黄河岸边故意宣扬，称自己明日将带着一块价值千金的玉璧从此处渡河，以引起河神的觊觎之心。不出子羽所料，河神第二天果然出来抢夺玉璧了。就在子羽的船行驶到黄河中间时，河中风浪骤起，船在风浪中东倒西歪。子羽知道这是河神的把戏，不过是企图把子羽的船弄翻，然后趁机夺下玉璧罢了。他并没有为此感到害怕，相反，他站在船头大声喊道："河神，我知道你想得到我这块玉璧，我可以把它送给你。但你作为神仙，竟然施法来威胁我交出玉璧。难道现在神仙也不讲求仁义道德了吗？"说罢，子羽稳住船身，顶着巨大的风浪到达了河对岸。

子羽上岸后把玉璧拿了出来丢进了河里，鄙夷地对河伯说："玉璧我送给你了，你拿去吧。但是希望你牢记，作为河神应该保一方平安，而不是借此身份捞取不义之财！"河伯听了之后觉得羞愧难当，于是在子羽将玉璧扔进河里之后，又施法把玉璧送回了子羽手里。如此往复了三次后，子羽见河伯不要这个玉璧了，就把玉璧在石头上砸了个粉碎。河伯对子羽重义轻财的高尚品德感到敬畏，于是现身向子羽鞠躬道歉。此后，河伯再也没有威胁过渡河的百姓。

4. 孟子论黄河洪水

"七雄戈戟乱如麻，四海无人得坐家。"这是唐朝诗人胡曾的咏史诗《流沙》中的诗句，描述了战国时期的社会局面。这一时期战事连绵，干戈不息，社会经历了巨大的变革。一位老人奔走于大河上下，去过大梁，来过临淄。路过黄河边，他眺望黄河，陷入了沉思。这位长相宽和又面带严肃、目光迥然、锋芒犀利的人，就是我国战国时期著名的思想家、政治家和教育家——孟子。孟子，名轲，是孔子创立的儒家学说的主要继承者。孟子由水而感悟人生、阐发事理，对儒家的"文化之水"赋予了新的内涵。

孟子经常论水，在后世记录孟子言行的《孟子》一书中，还留下了黄河、长江、淮河、汉水、济水等河流的名字，这些都是战国典籍中常见的。其中，孟子在提及黄河大水时，曾极力称赞大禹治水的伟业，揭示其成功在于"疏"，在于循"水之道"。

孟子说过："天下之生久矣，一治一乱。"人类的历史已经很久了，但是，人类历史上自然灾害，尤其是洪水是很大的问题。在他的认识当中，尧统治时期，水逆行、洪水横流的情况

孟子像（原图藏台北故宫博物院）

也很严重。水本来是直着流，循着河道或者沟壑流。至于孟子说洪水"横流"，是因为当水流太大，而河道、沟壑已经满了时，水就不可能直着流，就会横着流了。"水逆行"也相当于洪水"横流"。洪水铺天盖地而来，老百姓也没有一个安定的地方可住。人们只能为躲过洪水而经常更换住所，求得生存。离洪水比较近一点儿的人，就在树上搭一个棚子，暂时生活下来。被洪水逼上了高山的人，就得在山里找个洞或者挖个洞来生存。面对这样的情况，孟子有独特的见解，他认为洪水就是在警告我们。既然上天借洪水发怒，那么它就是正在以自身的意志对于人类做出某些警告。而大禹治水，就是能顺应自然，能够根据水往低处流的特性因势利导，将洪水疏导入海，由此取得成效。

生活在黄河下游齐鲁大地的孟子，对黄河自然熟悉和了解。

孟子仔细观察了黄河，希望每个人都能学习大禹治水的智慧，并阐发了对水的深刻理解。

5. 庄子钓于濮上

濮水，是古菏泽区域一条重要的河流，也是雷夏泽和巨野泽的水源之一，是受黄河之水而形成，属于黄河的一条支流。与大江大河相比，它既不见雄浑壮阔的气势，也没有一泻千里的奔放，甚至已经"名存实亡"，成为历史上的一条河流。

有一天，濮水边来了一个钓鱼者。这个钓鱼者可不简单，他正是被称为"漆园吏"的庄子。庄子，名周，字子休（亦说子沐），是战国中期著名的思想家、哲学家和文学家，为道家学派的主要代表人物之一，崇尚自由。虽然做的官是一名漆园吏，生活上很穷困，但庄子却是一位非常廉洁、正直、有棱角和锋芒的人。他在精神上主张逍遥，也试图达到一种不需要依赖外力而能成就的一种自在境界。

或许是名气斐然，庄子受到了楚国国君的注意。求贤若渴的楚威王希望能得到博学多才的庄子的支持。也许是受到周文王得遇姜太公钓鱼，进而成就一番大业的启发，楚威王一得到庄子在附近钓鱼的消息，就赶紧派了两个官员前去拜访。两位使者见到庄子，恭恭敬敬地说道："听闻先生是德高望重的智者，楚王非常欣赏先生的才能，烦请先生担任楚国之相，帮忙治理楚国，谋求长足发展。"

在庄子生活的时代，读书人大多抱着学而优则仕的想法，就像苏秦、张仪那样，求富贵逐名利，凭自己的三寸不烂之舌四处游说，建功立业，在乱世中名垂天下。但庄子却不求名利，在外人眼中显得格外与众不同。本来刚刚三十岁出头，正是风华正茂、大展宏图的年纪，他却婉拒了楚王的邀请。

庄子像（选自《三才图会》）

他平静地拿着钓鱼竿，头也不回地说："我曾听说你们楚国的庙堂里摆放着一只神龟，死的时候已经三千岁了。楚王用上好的丝巾把它包裹起来，装进为它专门制作的精美竹匣子里，陈放在庙堂之上，享受大家的祭拜。你们说，这只乌龟是愿意死了留下骨头在朝堂上享受跪拜呢，还是宁愿活着在烂泥里快乐地摇着尾巴？"

二位大夫回答说："那当然是宁愿活着在烂泥里摇着尾巴了。"

庄子得到意料之中的回答后，说道："既然这样，你们走吧，我要在烂泥里摇尾巴了。"

就算听到楚王以相位相邀，庄子依然不为所动。特立独行的庄子被人认为傲气得很。但庄子可不像姜子牙一样，他真的只是在认真享受钓鱼的休闲时光。那个礼崩乐坏、战乱频仍的动荡年代，各种纷争让这个漆园吏早就厌倦了争名夺利，那与自己的理想背道而驰。庄子选择出世，远离世俗的束缚，不屑争权夺利。很多人说这是一种逃避，但也许这正是他在乱世的生存之道。他不接受楚威王的重金聘请，拒绝到楚国做官，更愿意过逍遥自在的生活。

庄子永不做官的记载，还见于《史记·老子韩非列传》。故事的发生地濮水后来是怎么消失的不得而知，据说与黄河泛滥有关。不过，庄子钓鱼濮上的故事却永远留了下来，并在此后的漫漫历史中流传至今。

（三）碑刻画卷

1. 欧阳玄撰《河平碑》

欧阳玄是元代很有名气的文学家。从刚会说话的时候起，他便聪慧颖悟，对所学的知识记得快、领会快、过目成诵。他十岁那年的一天，朝廷一位分管教育的官吏来县视察。县令为了显示开办教育的政绩，特意挑选了包括欧阳玄在内的十余名优秀学生去见那位官吏。那位官吏当场以盛开的梅花为题，让学生们每人作一首诗，以检验他们的学业。当其他学生还在审题思考的时候，欧阳玄已经提笔疾书，一挥而就，交了首卷。那位官吏接过后细细一读，情不自禁地称赞道："好诗，好诗，字字珠玑，句句生辉！"然而，欧阳玄回到家中仍觉诗兴未已，继续伏案而书，一写就是九十首，第二天一早，便去交给了那位官吏。那位官吏读后大为震惊，随后令人将其母亲李氏招来询问。当他听了李氏的介绍后，不由得感叹道："有志继承祖业，真乃世间奇童！"

故事中的欧阳玄，是宋代大文学家欧阳修的后代子孙，字原功，号圭斋，出生于公元 1273 年，原籍吉州吉水（今江西吉水），后迁至浏阳（今湖南浏阳县），故一般史载欧阳玄是浏阳人。

欧阳玄官位尊荣，文章道德卓然于世，但其生活俭朴，待人谦和。其中，欧阳玄最为人称道的是制诰碑铭一类的文体。而欧阳玄一生中撰写过一篇与黄河治理有关的特殊碑文，题名为《河平碑》。完成《河平碑》的撰写后，欧阳玄又作了《至正河防记》，不同于碑文的内容，他在其中详细记载了贾鲁的治河方略，希望后世也能够参考。《河平碑》与《至正河防记》互为补充，成为当时治理黄河的生动记载。透过《河平碑》和《至正河防记》的记载，我们慢慢拂去历史的尘埃，回顾一下贾鲁治河的那段历史烟云。

当时，元朝丞相脱脱命贾鲁负责治理黄河。在大臣研讨治河方略时，贾鲁力排众议，主张"河必当治"，采取疏、浚、塞并举的方略。贾鲁敏达干练，竭诚行事，他多次往返河道，进行实地考察与测量，力求精准，经过数千里的辛勤奔波，终于掌握了治理河流水患的关键。在此基础上，为了清楚明晰，他动手将所见所想画了下来，制成了一张张图纸，并在此基础上提出了两种治河方案。不仅如此，他还亲临现场，在沿线三百余里的治河工地上指挥、安排、监督，每处都不轻易放过，因势利导，因地制宜。得益于这种方法，大部分地区都得到了妥善治理。但山东曹县黄陵冈大堤还是发生了一次严重的决口。当时情况有些严重，恰逢秋汛，水势很大，河水向北汹涌而下，回旋很急，难以控制。贾鲁想了一个办法，他先组织二十七艘大船形成"方舟"，然后再在其中装满石块，建造起更为稳固的大堤来改善洪水泛滥的情况。当时，水势汹涌，势不可挡，围观人群都以为无法稳住。但贾鲁丝毫不疑，神情坚定，还不断鼓励每个人干好手头该干的，及时地奖赏特别能出力的人，对懈怠人员提出适当的警告。这一系列措施都让每个参与施工的人员干劲十足，希望尽快完成任务。在贾鲁的带领下，这一大帮子人团结协作，战胜了洪水，完成了黄陵冈浩大的截流工程。

整个治河工程从四月兴工，七月凿成河道二百八十多里，八月将河水决流引入新挖河道，九月通行舟楫，十一月筑成诸堤，全线完工，使河回归故道，南流合淮入海。

完成治理黄河的事情之后，贾鲁绘制了一幅《河平图》呈给了皇帝。皇帝十分高兴，使其官升一级，授予其荣禄大夫、集贤大学士。皇帝又感念贾鲁等人的治河功绩，命欧阳玄创作《河平碑》一文以彰其功德，使后人铭记。

《河平碑》碑文中说："鲁能竭其心思智计之巧，乘其精神胆气之壮。""鲁习知河事，故其功之所就如此。"这是对贾鲁治理黄河事迹的赞扬，更是对他本人的一种褒奖。今天，我们通过欧阳玄撰写的《河平碑》得以重温历史。无论是贾鲁指挥时的英姿，还是施工百姓的挥汗如雨，那一幕幕珍贵的画面都如实地记录在字里行间，令人久久不能忘怀。欧阳玄以其出众的才华，生动地记录了治理黄河的故事，给后人留下了宝贵的史料。

2. 赵孟頫作《鹊华秋色图》

本是为好友而作的山水图，却因高超的技术使其变成了一幅旷世佳作。后经多年传承，画卷上存留下了不同收藏者的众多题跋和印鉴。除去作者本人的题款外，拖尾又加上了爱新觉罗·弘历、钱溥、杨载、董其昌等人的题跋，整幅画上更是盖了大小、形状各异的印章五十七枚。其中，爱新觉罗·弘历，也就是历史上的乾隆皇帝，曾对这幅画作赞赏有加，所以拿起印章就停不下来，以致最后留有二十六个章印在画上，这也无疑印证了这一画作的重要价值。

这幅山水画，就是元代赵孟頫为好友所作的《鹊华秋色图》。

赵孟頫，字子昂，号松雪道人，浙江吴兴人，是宋太祖赵匡胤的十一世孙，其父赵与訔曾任南宋户部侍郎兼知临安府浙西安抚使。作为元初著名大家，赵孟頫精通书法、绘画、诗文及音律，特别是在中国绘画史上具有承前启后的重要地位。

《鹊华秋色图》是赵孟頫一生中的得意之笔。这一作品为图卷、纸本、设色山水画，纵28.4厘米，横93.2厘米。赵孟頫创作完成后，用题跋记录了整个过程："公瑾父齐人也。余通守齐州，罢官归来，为公瑾说齐之山川，独华不注最知名，见于《左氏》，而其状又峻峭特立，有足奇者，乃为作此图。其东侧鹊山也。命之曰：鹊华秋色图。元贞元年十有二月，吴兴赵孟頫制。"从这里，我们可以探知当年画作形成的整个过程。

那一年，应是元朝皇帝忽必烈推行新措施的1286年。赵孟頫也被召回京城，之前他一直因公驻扎在济南，有三年之久。这次，他被召回京城是因为元贞元年（1295）忽必烈去世，他需要参与到为元世祖修实录的事情中去。待事情一结束，赵孟頫立刻称病返回家乡，回到了阔别已久的江南吴兴。就在这段时期，年近半百的赵孟頫认识了久居吴兴的六十四岁济南诗人周密。周密，字公瑾，词人、文学家、书画鉴赏家。比起独自四处游玩，与周密的相遇令赵孟頫高兴不已。两人经常往来，很快就成了难得的知己。在赵孟頫的《次韵周公瑾见赠》中写有"平生知我者，颇亦似公否"，可以很明显地看出他与周密互为知己、亦师亦友的关系。除舞文弄墨外，二人还经常谈论济南的山水。然而，周密的故乡虽是济南，却一直生长在吴兴，从未在山东居住过，也不曾到过济南。不能亲眼见到家乡的风景，让周密对故乡济南产生了浓厚的兴趣和深深的思念之情。特别是听了赵孟頫对济南生活的描述，周密越来越觉得，没有亲临济南是自己的一个憾事。于是，赵孟頫受好友之托，决定凭借自己的印象为他画出济南的山水。

就这样，传世佳作《鹊华秋色图》诞生了。首先，映入眼帘的是坐落在画作远端的华不注山和鹊山。华不注山是坐落于济南东北侧的一座孤峰，又被称为"华山"。其中，有一种说法将"华不注"叫作"花骨朵"，暗指含苞待放的荷花，很有意思。赵孟頫仅寥寥几笔就描绘出了华不注山的基本轮廓，与元代王恽在《华不注记》中记载的景色并无二致。而鹊山却远不如华不注山出名，只是济南城北面、黄河北岸的一座小山，但鹊山却有一个动人的传说。相传古代著名人物扁鹊曾在此炼丹，他过世后埋葬于此，到了每年的七八月份，乌鹊就飞满整个山，久久不散，所以这里得名"鹊山"。两峰之间错落着杨树和松树，一排杉树在远方列队，落叶昭示着秋天的到来。山羊、渔夫点缀其中，整幅画变得栩栩如生，而鹊华两山的绝美景观越发引人注目。赵孟頫在画上特意注明公瑾未曾到过济南，颇有一番玩笑之意。但不可否认的是，赵孟頫的这一创作，不仅能使周密的思乡之情有所缓解，也表达了自己对为官三载的济南的深深怀念之意。

纸本山水画《鹊华秋色图》对后世影响很大，呈现给了人们与往日不同的效果。同时，画作也因蕴含着赵孟頫的情感而显得更加弥足珍贵。

3. 咸丰年间官民筑埝立碑

山东黄河碑刻，字里行间生动地再现了山东黄河的变迁及治理、利用历史。山东省东营市利津县的博物馆收藏有清咸丰八年(1858)的青石碑一通。碑高1.44米，宽0.64米，厚0.19米。碑额为"惠泽常留"，记述了清咸丰五年(1855)黄河在河南铜瓦厢决口自东营入海后，黄河下游沿岸官员群众自发筑埝护田的情况。

在这之前，大清河水流舒缓有序，即使水深岸陡，也依旧无灾害发生。到了明清之际，除了个别年份外，也并无水灾侵袭，就算有也只是寥寥数次。人民生活因此安宁有序。清咸丰五年六月十九日，黄河于河南兰阳铜瓦厢决口北流，穿过运河夺大清河入海，彻底结束了七百年来南流入海的情形，造成了黄河史上一次重大的改道事件。以此来看，山东以上河段黄河泛滥已是十分频繁。黄河改道利津入海，水患频频，沿岸不再安宁，特别是利津一带，正如碑文所录，黄河冲决北下，绵延百里有余，湮没村庄、房屋、田禾、人畜无算。当时的山东巡抚崇恩立即向朝廷奏报。按照旧例，清政府会积极安抚受灾百姓，然后筹集钱款进行治理。但是在经过实地走访后，清政府却踌躇不前，因为他们发现巨大的工程量需要耗费巨额的修复费用。外加太平天国起义后，长江流域的大面积区域都被他们所控制，北京附近还在遭受北伐军的攻打，整个局面严峻而紧张，由此清政府只能做些表面工作。"军事旁鹜，无暇顾及河工"，最终致使山东黄河下游出现"无防无治"的现象。

　　在这种情况下，蒲台、利津两地的百姓只能自发地行动起来，为保护田庐而筑堰。之后根据实地情况，河督李钧提出了三条治河的举措：顺河筑埝，遇湾切滩，堵截支流。据此，清朝政府便给河南、直隶（河北）、山东督抚下达命令，于是官员们纷纷劝民筑堰自保，希望能对缓解洪水灾情有所助益。民众修筑的堤埝在一定程度上起了作用，但自清咸丰八年以后，河道又渐渐淤高，水患频发。光绪九年（1883），清政府遂开始在黄河两岸普遍修筑大堤。之后，山东黄河堤防"一律完竣"。

然而"顺河筑埝"毕竟"治标不治本"。此时的黄河已到了无岁不决的地步。又因为筑埝工程不曾有统一的尺度，百姓自筑的埝大小不一，也很脆弱，特别是有的直逼河岸，最窄处距两岸不足一里，河道还因此淤积更加迅速，当河水泛滥之际，民埝的脆弱性就暴露无遗，个个非溢即溃。后期，政府出钱统一修筑防灾本是好事，但是由于官修的筑埝是在民埝的基础上动工的，防灾的不可靠性可想而知，这让原本单薄的民埝在灾害降临时更不堪承受了。

咸丰年间这块碑刻，还原了黄河下游防治黄河的官民费尽心血共同疏导江河、平定水患、为民造福的事迹，成为了解黄河文化的重要史料。

惠泽长留碑文（王震供图）

（四）文学名家

1. 李清照荡舟大明湖

宋朝时，出现了一位"千古第一才女"。她不仅改变了男子统一文坛的传统格局，更是古代女性自我意识觉醒的典型代表，她便是李清照。

李清照（1084—1155），宋代女词人，婉约派代表，号易安居士，齐州章丘（今山东济南章丘）人，居济南。李清照出身于书香门第，其父李格非藏书甚丰，良好的家庭环境为她今后的文学创作打下了坚实的基础。出嫁后与丈夫赵明诚共同致力于书画金石的搜集整理。说到李清照与赵明诚的爱情，定是无人不知、无人不晓。而这一对佳偶的爱情缘起，正与李清照荡舟大明湖的这段经历息息相关。

大明湖形成年代久远，湖水来源于城内诸泉，有"众泉汇流，平吞济泺"之说，为繁华都市中的天然湖泊。溯源千年，无数爱情故事在大明湖畔上演，李清照与赵明诚夫妇便是其中的代表。

约八百年前的一个秋天，李清照荡舟于烟波浩渺的大明湖上。杨柳掩雪松，断荷连残藕，一湖秋绪引得女词人心潮澎湃。于是，脑海中灵光一现，佳句偶成，墨至笔端：

湖上波来风浩渺，秋已暮，红稀香少。水光山色
与人亲，说不尽，无限好。

莲子已成荷叶老，清露洗，苹花汀草。眠沙鸥鹭
不回头，似也恨，人归早。

不料，词韵未消，墨迹未干，就被金石学家赵明诚闻之，
赵明诚不禁顿生仰慕之情。两人由此相识相知，互生情愫。

同时，大明湖自古盛产白莲藕，以粗壮、脆甜、无渣驰誉，
是深受济南民众喜爱的美蔬，是济南菜中特色鲜明的食材，更
是当年世代湖民赖以生存的重要水产。湖民奉祀"藕神"，以
感谢藕的功德，祈求藕神更丰厚的恩赐。据称大明湖北岸西侧
过去有一座藕神祠，只是这座祠最先祭祀的藕神身份并不明确，
其由来、身世和模样仍然成疑，后来此祠移祀李清照。而自从
尊祀女词人李清照为藕神后，藕神就变成了藕花神，即荷花神。
而这其中的变化，也许与她那首脍炙人口的词有着千丝万缕的
联系。

春色满园词人意，波光荡漾大明湖。时至今日，人们再次
来到大明湖，荡舟"藕花深处"之时，仍然能够记起千年前在
这片碧波之上所诞生的动人词篇和流传的爱情佳话。

2. 辛弃疾闯金军大营

黄河沿岸的齐鲁大地英雄辈出。南宋时，就有这样一位英

勇抗敌的代表，他就是辛弃疾。

辛弃疾家族自始祖辛维叶时迁居济南历城。宋钦宗靖康二年（1127），金军攻破开封，虏徽、钦二宗北上，北宋灭亡。宋高宗绍兴十年（1140），辛弃疾出生。他的祖父辛赞在"靖康之变"、宋室南渡后"累于族众"无法南下，为求生存遂出仕于金朝。

尽管如此，辛赞并没有忘记这份国耻。辛赞是宋朝的高官，官至开封知府，其为官清廉如水，为人刚正不阿。所以，他一直希望能够有机会拿起武器和金人决一死战。也正因想要把这份理想抱负传承下去，他常常带着辛弃疾"登高望远，指画山河"。辛赞对辛弃疾寄予殷切的期望，曾两次让辛弃疾至金都燕京参加进士科考试，借机侦察金人形势，以图恢复正统。辛弃疾就是在这种环境下成长起来的。知识分子家庭出身，以及自小耳濡目染优秀家风、目睹了汉人在金人统治下所受的屈辱与痛苦，这一切使辛弃疾在青少年时代就立下了恢复中原、报国雪耻的志向，养成了齐鲁之人的侠义之气。

南宋绍兴三十一年（1161），金军在完颜亮的率领下，再次南下入侵南宋。时年二十一岁的辛弃疾趁机揭竿而起，聚集沦陷区两千青壮男儿，一起参加了义军领袖耿京领导的抗金部队。

第二年，出人意料的情况发生了，完颜亮因金人军队内部突发矛盾而被部下杀害，金军内部一时间群龙无首，混乱不已。当时，在耿京的重用下，极具文学才华的辛弃疾被任命为掌书记，主管文书，负责机要工作，掌管义军的印信。他受命联络南宋政权，以期遥相呼应，一举打败金军。就在辛弃疾完成联络任务返回义军部队的途中，事情却出现了转折，耿京在海州抗金时被叛将张安国杀害。噩耗传来，血气方刚的辛弃疾大怒，正气凛然的他无法原谅见利忘义的背叛。毫不迟疑，辛弃疾亲率五十名骑兵连夜赶往五万人的金军大营，以迅雷不及掩耳之势袭击敌军。张安国在毫无防备的情况下想要逃跑，却已经来不及了。活捉张安国后，他又立即狂奔千里，把张安国押到临安，交给南宋朝廷处置。而这一场成功生擒叛贼的战斗也让辛弃疾顿时名声大起。

但命运弄人，令人万万没有想到的是，这是辛弃疾最豪迈的一次，也是最后一次上前线作战。辛弃疾始终遭到南宋朝廷的猜忌，中年后无奈归隐铅山。回忆往事，不由得感慨万分，遂写下掷地有声的千古名篇《破阵子·为陈同甫赋壮词以寄之》：

> 醉里挑灯看剑，梦回吹角连营。八百里分麾下炙，五十弦翻塞外声。沙场秋点兵。
>
> 马作的卢飞快，弓如霹雳弦惊。了却君王天下事，赢得生前身后名。可怜白发生。

辛弃疾这首追忆自己征战沙场的词，酣畅淋漓地描绘了自己披肝沥胆的将军形象，有力地表达了自己空有杀敌报国的理想却壮志难酬的无奈情怀。他再也没有机会亲临一线抗敌，这成为他一生之憾。

辛弃疾一生追求保卫国家，拯救百姓，但却面临人生起落、壮志未酬的困境，其爱国抗敌、自强不息的精神自他的生活一直延伸至他的文学创作中。正是由于他浓烈的爱国热情与忧患意识，使他的一生充满英雄传奇色彩，也使他的精神影响着一代又一代中国人。

3. 施耐庵写《水浒传》

"水浒寨中屯节侠，梁山泊内聚英雄。"在施耐庵的著作《水浒传》中，梁山泊"山排巨浪，水接遥天"，是一个易守难攻的好地方。他们在这里啸聚山林，英雄结义，共同反抗朝廷欺压。《水浒传》的精彩描写让梁山泊与英雄好汉紧密地联系在了一起，从此名扬天下。

施耐庵笔下的八百里梁山泊原位于山东省寿张县境内（今

梁山泊（张玉国摄）

山东省梁山县及周围地区），它的形成与黄河有着密切的关系。黄河经过东汉时期王景的治理后，在同一条河道上平稳流淌了几百年，几乎没有发生过大的改道和决口。虽然如此，但是其河道泥沙淤积严重，河床也一年比一年浅。五代至北宋初年，黄河一改之前的安稳局面，几乎年年决口泛滥，严重威胁到了都城东京汴梁的安全。当时北宋的皇帝宋仁宗对黄河水灾十分忧心，他下令修缮黄河，改变河道，让黄河汇入鲁沟河后入海。但是事与愿违，黄河并没有按照宋仁宗的意愿改道，而是进入了大野泽，造就了气势磅礴的八百里梁山泊。

施耐庵在创作《水浒传》时，对梁山泊的人文风情有着深入的了解，这在小说的很多情节中都有所体现。比如，在小说第一回《张天师祈禳瘟疫，洪太尉误走妖魔》中，施耐庵选择从嘉祐三年（1058）的一场瘟疫写起，这是他深思熟虑后的结果。这场瘟疫可能就是对黄河决口的改编，而洪太尉的姓氏也未尝不可以理解为是对这场洪水的暗示。另外，《水浒传》中所描绘的梁山泊是一个豪杰聚集之地，这其实是作者对当时梁山泊的侠义民风的生动展示。当时朝廷腐败，民不聊生，百姓被逼无奈便奋起反抗，打出了"替天行道，劫富济贫"的大旗，经常会涌现出行侠仗义的事迹。

黄河决口造就了雄浑壮阔的八百里梁山泊，而在梁山泊上纵横驰骋的英雄好汉的故事更是被写入了位列四大名著的《水浒传》中。虽然如今的梁山泊水面已经缩小了许多，但每当我们重读《水浒传》时，它曾经的壮阔气势便又跃然纸上。

参考文献

[1] 〔汉〕司马迁著：《史记》，中华书局 1982 年版。

[2] 〔汉〕班固著：《汉书》，中华书局 1962 年版。

[3] 〔南朝宋〕范晔著：《后汉书》，中华书局 1965 年版。

[4] 〔晋〕陈寿撰，〔宋〕裴松之注：《三国志》，中华书局 1982 年版。

[5] 〔北魏〕郦道元著，陈桥驿校证：《水经注校证》，中华书局 2013 年版。

[6] 〔明〕潘凤梧撰：《治河管见》，见《四库全书存目丛书补编》第 93 册，齐鲁书社 2001 年版。

[7] 〔明〕黄克缵著：《古今疏治黄河全书》，见《四库全书存目丛书》第 222 册，齐鲁书社 1997 年版。

[8] 〔清〕阮元校刻：《十三经注疏》，中华书局 1980 年版。

[9] 〔清〕万斯同撰：《历代河渠考》，见《四库全书存目丛书》第 224 册，齐鲁书社 1997 年版。

[10] 岑仲勉著：《黄河变迁史》，中华书局 2004 年版。

[11] 李学勤、徐吉军主编：《黄河文化史》，江西教育出版社 2003 年版。

[12] 程有为主编：《黄河中下游地区水利史》，河南人民出版社 2007 年版。

[13] 葛剑雄著：《黄河与中华文明》，中华书局 2020 年版。

[14] 黄河水利委员会勘测规划设计院编：《黄河志》，河南人民出版社 2017 年版。

[15] 李玉洁著：《黄河流域的农耕文明》，科学出版社 2010 年版。

[16] 鲁枢元、陈先德著：《黄河史》，河南人民出版社 2001 年版。

[17] 牛建强著：《黄河文化概说》，黄河水利出版社 2021 年版。

[18] 宋军令、杜鹃等著：《黄河文化与西风东渐》，科学出版社 2010 年版。

[19] 谭其骧主编：《黄河史论丛》，复旦大学出版社 1986 年版。

[20] 王建平主编：《黄河概说》，黄河水利出版社 2008 年版。

[21] 王曙编著：《唐诗故事集——黄河流域诗故事》，地质出版社 1995 年版。

[22] 王志民主编：《黄河文化通览》，中华书局 2022 年版。

[23] 安作璋、王志民主编：《齐鲁文化通史》（全8册），中华书局 2004 年版。

[24] 王志民、吕文明主编：《齐鲁文化要览》，山东人民出版社 2022 年版。

[25] 王志民、徐振宏主编：《中国地域文化通览·山东卷》，中华书局 2013 年版。

[26] 徐旭生著：《中国古史的传说时代》，广西师范大学出版社 2003 年版。

[27] 晁福林著：《夏商西周的社会变迁》，北京师范大学出版社 1996 年版。

[28] 许顺湛著：《黄河文明的曙光》，中州古籍出版社 1993 年版。

[29] 杨明著：《黄河简史》，广西师范大学出版社 2021 年版。

[30] 姚汉源著：《黄河水利史研究》，黄河水利出版社 2003 年版。

后 记

　　《丛书》的编纂，是在山东省委宣传部直接领导下完成的。省委常委、宣传部部长白玉刚同志统筹策划部署，并担任编委会主任，多次主持召开编委会会议，提出明确目标要求和指导意见。省委宣传部分管日常工作的副部长、省文明办主任、省新闻办主任袭艳春同志对本书的立项出版、风格设计等方面提出了许多宝贵意见。在魏长民、毕司东、程守田、张同海、冷兴邦等同志的大力指导支持下，以教育部人文社科重点研究基地山东师范大学齐鲁文化研究院为学术挂靠单位，组建了《丛书》编纂学术委员会，具体负责编纂工作。山东师范大学特聘资深教授王志民任主任，山东大学儒学高等研究院教授杨朝明、中共山东省委党史研究院原一级巡视员韩延明、鲁东大学原副校长刘焕阳任副主任，全省相关高校、科研单位的15名学者为委员。

　　编纂过程中，《丛书》被列为山东省社科规划3个重大委托项目和16个一般项目。杨朝明为传统文化重大项目组首席专家，韩延明为红色文化重大项目组首席专家，刘焕阳为河海文化重大项目组首席专家。编委会经反复研讨，制定了《编撰体例》《编撰指导意见》；在省委宣传部支持下，采取主任统一领导与首席专家具体负责相结合的方式，认真落实各卷主编为质量第一责任人、首席专家和学术委员为主要质量把关人的运作机制；多次召开线上与线下、全体与分组相结合的研讨会，对提纲设计、样稿研讨、通稿审稿等关键环节，深入研讨、反复审议，编委会与全体编纂人员团结合作、齐心协力，付出了艰辛劳动。山东文艺出版社提前介入，对编纂工作和撰稿体例等提出了许多宝贵意见。在此，我们谨向为《丛书》编纂付出心血的各位领导、专家、作者和所有相关同志们表示诚挚感谢！

本册编纂，得到首席专家刘焕阳教授和学术委员马树华教授、李兆禄教授、王振星教授、仝晰纲教授的悉心指导，并得到山东师范大学齐鲁文化研究院院长吕文明的大力支持，以及山东黄河河务局、菏泽黄河河务局、聊城黄河河务局、黄河河口管理局的热情帮助。山东师范大学张磊教授担任主编，全面负责本册的编纂工作。具体分工如下：第一部分由张磊、宋宁撰写；第二部分由张磊、田成浩撰写；第三部分由张磊、田成浩撰写；第四部分由张磊、田成浩撰写；第五部分由张磊、宋宁撰写；第六部分由张磊、宋宁撰写。研究生薛金宗、赵文瑞、程雪、夏凡、郭雨杨、王岳玺、王宏霞、咸春雪、姜雪、张翠霞协助搜集、整理了参考资料。

由于水平和条件所限，不妥之处在所难免，欢迎有关专家和广大读者批评指正。

编者

2023 年 8 月